Gran Angular

Lola González

Brumas de octubre

Premio Gran Angular 1993

ediciones sm Joaquín Turina 39 28044 Madrid

Colección dirigida por **Jesús Larriba**

Primera edición: abril 1994
Séptima edición: septiembre 1996

Fotografía de cubierta: *J. M. Navia/J. Calbet*
Diseño de cubierta: *Estudio SM*

Comercializa: CESMA, SA - Aguacate, 43 - 28044 Madrid

ISBN: 84-348-4274-2
Depósito legal: M-27778-1996
Fotocomposición: Grafilia, SL
Impreso en España/Printed in Spain
Imprenta SM - Joaquín Turina, 39 - 28044 Madrid

A Teresa García Senra, Isabel Salinero,
Rosa Martínez y Feliciano Ponce... ¡Sufridores!

OCTUBRE

1

EMPIEZO en el Instituto una lluviosa mañana...

Hoy es 5 de octubre, lunes por más señas. Mi padre me ha regalado una estilográfica, pero yo la llevo muy escondida en el bolsillo de la chupa para que nadie me la vea. ¡Hay que joderse! Pues vaya trasto. Yo tengo cuatro bolis marca *Bic,* de los de tres pavos, que son los que molan, y el bloc de anillas con todos los recambios.

Llego a la puerta del Insti y creo que hay manifestación, pero no: son los colegas, todos allí, bien apiñados. Esto es una auténtica gozada. Así a ojo debe de haber unos quinientos, todos gritándose y empujándose. ¡Qué flipada! Yo en seguida me pongo a empujar, para no ser menos, y hago como el que se las sabe todas, aunque estoy un pelín nervioso.

—¿Cuánta gente, no? —le digo a un pelirrojo delgado que grita a tope.

—Pues esto no es nada, sólo estamos los de primero y segundo; tercero y COU no entran hasta mañana.

—¡Ah! —digo, y empujo otro poco para situarme al lado del pelirrojo, que ha adelantado unos dos metros.

—Oye, ¿tú también eres nuevo?

—¿Quién, yo? ¡Qué va, tío! Yo esto ya me lo sé; materia dominada, colega.

—¡Ah! Creí que eras de primero.

—Pues claro, chorvo. Soy de primero, pero repe y no novato.

Tres o cuatro ríen a carcajadas y yo hago lo mismo para no ser menos y para que el pelirrojo me considere.

—Ahora viene Julia y abre la puerta.

—¿Quién es Julia? —pregunto tímidamente.

—Pues la bedel, tío, quién va a ser. Bueno pues eso: abre la puerta y hay que estar preparado. En cuanto abra, ¡zas!, todos a una empujando bien fuerte para entrar al mogollón.

A las nueve treinta, Julia franquea las puertas, y la riada se precipita desparramándose por el enorme vestíbulo. El ruido es ensordecedor y tengo que librar una auténtica batalla para no perder mi puesto al lado del pelirrojo.

—Ahora saldrá el secretario. Fijaos bien. Es un tío moreno. Se pondrá en lo alto de la escalera e irá voceando los nombres. ¿Habéis mirado bien las listas? ¿Sabéis en qué grupo estáis?

—En el F —contesto muy ufano—. Yo estoy en el F.

Y mi placer es completo cuando el pelirrojo dice que le ha dicho un amigo que él también va para el F.

2

ANDO un poco nervioso por esto de no conocer a nadie, pero el pelirrojo se revela como un tío de abute y se coloca a mi lado.

—Tú conmigo, colega, que en seguida te enseño a controlar.

El pelirrojo saluda a un montón de conocidos de todos los primeros. «Son veteranos, de los míos», me explica, así que yo también me apresuro a saludar.

Al llegar al aula captura pupitre al lado de la ventana.

—Siempre te distraes —dice.

Y a los pocos minutos ya ha entablado parrafeo con dos chicas.

—Leticia y Verónica —me las presenta como si las conociese de una vida anterior.

—Hola.

Verónica se pone colorada, pero Leticia no, que es muy desenvuelta.

Yo también me pongo colorado y quedo allí, azorreteado, me da un corte... Entonces entra el tutor.

Es un profe joven y con gafas. Al principio, todos seguimos en lo nuestro, pero de pronto el profe grita.

—¡Silenciooooo!

Nos callamos. Pasa lista y escribe el horario en el encerado.

El pelirrojo asegura que el tutor es nuevo porque él no lo conoce y porque además se le nota. Yo no le noto nada, pero el pelirrojo dice que sí, que grita porque está nervioso y aún no tiene autoridad.

—Son los peores —explica a las chicas—. Los «otros», como ya se las saben todas, pasan de ti. Pero estos te persiguen, te acosan, se preocupan como si fueses algo de ellos. No se puede soportar.

Toca un timbre. El tutor reparte el reglamento.

—Es para que lo firmen vuestros padres. Ahora bajaréis al salón de actos, os va a hablar el señor Ardanaz, director del centro.

3

BAJAMOS al salón de actos. De nuevo la riada ocupando pasillos y escaleras, los gritos en la puerta..., la lucha encarnizada por pillar los mejores puestos, es decir, las últimas filas. El pelirrojo consigue un buen puesto en la penúltima y central. Yo, naturalmente, soldado a él como una lapa.

Doce de la mañana.

Hace su entrada el Ilustrísimo Señor Director.

Se dirige al estrado. Coge el micrófono. Nos habla. Media hora de discurso. Una plasta.

«El Instituto es el lugar en el que se desenvuelve el estudio y la vida académica... Orden y disciplina... Orden y disciplina... La primera norma de conducta es el respeto a los miembros de la comunidad educativa.»

El pelirrojo aplasta un chicle en la chaqueta de una de segundo. La fila entera se desternilla.

«La escalinata de acceso a la puerta principal es un escaparate abierto... Los alumnos muestran una tendencia irresistible a su permanente ocupación... La imagen del centro, deteriorada... deteriorada... deteriorada... Queda terminantemente prohibido ocupar la escalera.»

Uno de mi clase, un tipo alto y moreno, se sienta a mi lado. Dice que se llama Couselo y que si quiero podemos ser amigos.

Couselo tira el bolígrafo. Se pone a buscarlo a gatas entre las sillas. Nos mondamos.

«El trato de las instalaciones es descuidado..., vandálico... Los actos de este tipo se considerarán faltas muy graves... graves... graves...»

Couselo regresa con el bolígrafo.

Cuenta que Leticia tiene las piernas preciosas, que desde el suelo, con la minifalda, se le ven enteras.

«Los desperdicios se depositarán en los recipientes habilitados para ese fin... El denigrante espectáculo de papeles, envases, etcétera diseminados por aulas, patios, pasillos... no se consentirá en modo alguno.»

Todos miramos hacia las piernas de Leticia. Las tiene cruzadas, y los muslos, muy morenos. Desde ese preciso momento me gusta Leticia. Verónica también es muy guapa.

«La mesa del profesor y su correspondiente sillón son el lugar desde donde se ejerce la sublime función de la docencia..., casi territorio sagrado... Se exige total respeto a ese mobiliario... Se exige mantener la limpieza y la integridad física del sillón.»

«El primer deber es asistir a clase... estudios, clases... estudios, clases... estudios... No podrán ausentarse del centro... Son faltas graves... graves... graves... Queda prohibido... prohibido... prohibido... Se arbitrarán las oportunas medidas.»

Mi cabeza es un caos. Fin del discurso.

—Ahora —anuncia el director— cantaremos el *Gaudeamus.*

El director y los profesores se levantan, pero sólo cantan unos cuantos y algún alumno que otro, porque nadie se sabe esa canción tan rarísima.

—Es latín —dice Verónica.

4

A la una nos sueltan, porque el primer día no te dan clase. Pasan la lista, te miran la cara, te explicotean de qué va a ir la cosa y en seguida te echan para casa, porque ya están hartos de ti, y todavía quedan nueve meses de aguantarte seis horas diarias.

A la salida nos esperan los autobuses. El Instituto está lejos y tenemos transporte propio. Verónica y Leticia vienen en mi autobús, y también ese chico que se llama Couselo. El pelirrojo no, pero hoy se ha cambiado de coche para venir con nosotros.

En el autobús, el pelirrojo domina, habla de tú a tú con tíos de segundo y hasta de tercero.

El pelirrojo se llama Suso Álvarez, pero todo el mundo le llama Rojo.

Durante el trayecto, el Rojo nos instruye concienzudamente.

—¡Qué mala suerte!

—¿Qué pasa?

—Nos ha caído el marrón... La llevamos clara.

—¿Por qué?

—¡Por qué va a ser! Los profes..., unos colgaos... y que no te dejan cambiar de grupo... Yo con éstos no apruebo ni una... Es que tengo el gafe, oye.

—¿Tan malos son?

—Peores.

A continuación, el Rojo emite informe del terrible sino

que, a partir de aquel día y durante nueve largos meses, se cernirá sobre nuestras cabezas.

—Mate... ¡El Carnicero! Está todo prohibido. Hablar, reír, mover la silla, cambiar el boli, preguntar...

—¿Preguntar también?

—Preguntar es lo peor, a una que el año pasado le dijo que no entendía un problema la sacó durante diez días al encerado.

—¡Qué horror!

—Cuando acabó con ella, tuvieron que enterrarla.

En ciencias, Feliciano. Bueno, ése pasa, pero es un zorrito. Va de muy educadito y muy de por favor, y luego te arrea unos doses que te liquida. Arturo, el de dibujo, psssss. Le tienes que reír los chistes, eso sí; si no, se mosquea. Pero es un tío legal, y como cree que todo el mundo es bueno, copias que te mareas.

—Y para colmo y hora, muchachos, agárrense, que hay curva. Suicídense, que están a tiempo —el Rojo, completamente histriónico, se deja caer al suelo entre los gritos del chófer y las risas de la concurrencia—. ¡En lengua, la Piños!

—La Piños es la peor.

—¿Peor que el Carnicero?

—Muchísimo peor... Ésa, primero te da el pego. Tú la ves por el pasillo, y te crees que nada. Va con sombrerito. Tú te dices cuando entra: ¡Una con sombrero!, y ella sonriente, y todos tan contentos, dispuestos a armársela. Entonces, la Piños te fulmina y se pone a largar por la boca, con unos sachos que te muerden hasta las entrañas.

—Oiga, niño, ¿usted de qué va?

Y empieza a echar por fuera y a vomitar rollos y más rollos, y exámenes y más exámenes, ceros y más ceros.

—No sigas —suplica Leticia—. Me voy a marear.

—Pues hay muchos más. Está, por ejemplo, la Torta de Huevo Malenvasá.

—¡Rojoooo!

5

QUÉ tal tu primer día?

Esperaba la pregunta. Los padres siempre hacen esas preguntas a la hora de comer. Luego, tú empiezas a radiar y no te hacen ni caso.

—Se te nota contento —dice mi madre—. ¿Ya tienes amigos?

—Lo que hace falta es que estudie. El bachillerato es una cosa seria.

Yo, entonces, cuento que el horario no está mal, que el director nos ha echado un discurso, que el tutor es joven... Lo corriente, lo que a los padres les gusta escuchar. Pero no hablo de Couselo, ni de Verónica, ni de Leticia, y por supuesto me cuido muy mucho de mencionar al pelirrojo.

Leticia

PAPÁ dijo que había encontrado una casa cerca de la panadería y que nos mudaríamos allí. Mamá empezó a llorar. Nuestra casa estaba en las afueras, tenía un pequeño huerto, y a nadie le seducía la idea de irse a vivir a un barrio en el que las casas se llaman torres y en cada torre viven cien familias... Pero papá fue inflexible. «Una inmobiliaria está interesada en nuestra casa, por el solar, ya sabéis», dijo papá. «La oferta es buena.» La panadería podría ser un buen negocio, pero habría que modernizarla, emplear personal. Y eso supondría mucho dinero. Así que se vendería la casa para ampliar el negocio, porque de eso era de lo que vivíamos.

Al cabo de un mes nos mudamos. Mis hermanos y yo sentíamos una excitación insólita. Pero cuando comprobamos la estrechez de los cuartos y la delgadez de las paredes que nos separaban del vecino, la excitación dejó paso a la angustia, y el regocijo al silencio.

La primera noche no conseguí dormir, ni siquiera el cansancio de la mudanza hizo que conciliara el sueño. Me sentía perdida en aquel mundo de escaleras oscuras y de ventanas estrechas que se asomaban a un mar de edificios y calles. Añoré el pequeño patio de la entrada, donde nos sentábamos todas las noches durante el verano, el olor de la tierra y de los geranios.

A la mañana siguiente, mi madre dijo que pondríamos las macetas de geranios en la terraza de la cocina.

—Verás qué bien quedan, Leti.

—No como en nuestro patio.

—Irás al Instituto, tendrás nuevos amigos. No será tan terrible.

—Claro.

Me horrorizaba todo aquello. Pero me cuidé muy bien de expresarlo. Mi madre hacía esfuerzos ímprobos para adaptarse a la nueva situación. Trataba de aparentar alegría, pero era la más afectada por el cambio; todo su mundo estaba en aquella propiedad que acabábamos de vender...: nunca había vivido en otro sitio; nosotros tampoco. La casa era algo más que una vivienda: era el núcleo que nos agrupaba a todos... Evoqué el cerezo y los manzanos, el rumor de las noches de primavera...

—No me caben las cosas en el armario —dijo mi hermano entrando en la cocina—, y no sé dónde vamos a guardar las maletas.

—Nos las arreglaremos —respondió mamá.

A los dos días, mi tía vino a visitarnos y nos contó que las excavadoras habían empezado a trabajar en el jardín.

—¿Y el cerezo? —pregunté, aunque ya conocía la respuesta.

—Han tirado todo.

—¿La casa también? —dijo Carlos.

—La casa también.

Mi madre suspiró y salió de la habitación; yo la seguí hasta la cocina.

—No llores —dije—. Nos acostumbraremos.

—No estoy llorando —pero lloraba—. La ciudad tiene muchas ventajas, ya lo veréis. Papá ha ido a solicitar plaza en el Instituto.

En el fondo, a mí me daba lo mismo: no conocía a nadie en ninguna parte. El verano pasó lento. Me tocó ayudar en la nueva panadería. No me gustaba vender pan y odiaba llenarme de harina hasta los ojos. Tampoco me gustaba estar en aquella casa de habitaciones angostas y largos pasillos, y me deprimía la hilera de macetas que mamá había colocado en la terraza.

El 4 de octubre fue un día largo; preparé la carpeta, la bolsa, las deportivas... También esa noche, como la de la mudanza, me fue imposible conciliar el sueño, y volví a escuchar la cisterna de los vecinos. Notaba cierta desazón y estaba un poco atemorizada.

Por la mañana me encontré mejor. Mientras me cepillaba los dientes examiné mi cara. No me pareció ni bien ni mal. Me planté allí, frente al espejo, con la boca blanca de Colgate con flúor y con el mango del cepillo saliendo entre los labios.

—Bien, Leticia, vas a ir a por todas —me dije, y la espuma, la pasta, el cepillo y el agua resbalaron por mi barbilla.

Al llegar al Instituto contemplé aquella masa humana que se apiñaba delante de las verjas, y mi inseguridad desapareció como por encanto. Me sumergí en la barahúnda y perdí mi identidad de adolescente frustrada, fundiéndome en una fortísima comunión de empujones y codazos.

La clase de primero F resultó clara y espaciosa. Me senté al lado de la ventana. La luz entraba a raudales, y un rayo de sol otoñal acariciaba mi mesa.

—Si alguien quiere, ya vendrá —me dije, y en seguida

me noté muy cortada. Los demás iban ocupando pupitres, y yo me dediqué a mirar por la ventana para disimular mi turbación.

—¿Puedo sentarme aquí?

Volví la cabeza. Era una chica alta y de largos cabellos castaños.

—Claro —me apresuré a contestar.

—Me llamo Verónica. ¿Y tú?

—Leticia.

Permanecimos calladas. Verónica sonrió y yo le devolví la sonrisa. La clase estaba llena. Aparecieron dos chicos, uno de pelo rojo, otro moreno, y ocuparon la mesa contigua. El pelirrojo me tocó en el hombro.

—Hola. ¿Cómo te llamas? —me saludó.

—Leticia.

—¿Y tu amiga?

—Verónica.

Entonces, el del pelo rojo le dijo al moreno.

—Te presento a dos amigas. Leticia y Verónica.

Verónica se puso colorada y yo me hice la desenvuelta.

—Hola. ¿Qué tal?

—Bien —dijo el moreno, y en seguida se puso a mirar a Verónica, que es muy guapa. Yo me sentí aliviada, porque estaba cortadísima.

Entró el tutor y nos dio el horario y las normas.

El tutor

Se llama Alejandro Devesa. Tiene veintinueve años.

Durante el trayecto que separa su pequeño apartamento del sacrosanto edificio del Instituto ensaya varios tipos de visajes: el afable, el adusto, el distanciado... También ensaya variados matices tonales y, entre bocinazos, semáforos en rojo y «mira por dónde vas, capullo», repentiza cinco o seis espléndidas frases de profesor que se las sabe todas.

Pero el estreno no resulta fácil.

Le han dado una tutoría de primero, lo último que hubiera deseado.

Ya se lo había advertido Nicolás, un compañero que lleva tres años en el oficio.

—Procura que no te den una tutoría de primero: son las peores.

¡Y ahí estaba la guinda!

¡Treinta y cinco y de primero!

—Treinta y cinco —masculla con la lista en la mano—. Me tocan treinta y cinco, y de primero.

Al entrar en el aula, trata de hacerse oír en aquel mare mágnum de voces, sillas y carpetas.

—¡Silencio! —grita de pronto, y se desconoce a sí mismo ante aquella pérdida de compostura.

Como si el grito fuese la palabra mágica, las voces se aquietan y las sillas permanecen en sus sitios. Setenta ojos recalan en el joven profesor y se mantienen expectantes.

—Sentaos, por favor.

Cierto temblor en la voz y el inevitable trago de saliva.

—Que no te lo noten, que no te lo noten, o estás perdido. Desde el primer día debes mantenerlos a raya: necesitan sentirse controlados y tú necesitas creer que los dominas; de lo contrario acabarán contigo —también esto se lo ha advertido Nicolas el día anterior.

Empieza la lectura de nombres, la hace mecánicamente, sin levantar la vista:

Arias.

Benlliure.

Couselo.

Cada cual contesta a su modo. Desde un «aquí» a un «sí», o al chistoso «¡existo!»; hacia la mitad de la lista empiezan las risitas socarronas. El tutor no se inmuta y continúa:

Vázquez.

Zurita.

Hasta terminar con el número treinta y cinco.

Se atreve a mirarlos. Pasea la vista como hacían con él en otros tiempos y trata de buscar en el fondo de sus recuerdos el tono, la voz y las palabras de sus antiguos profesores. Se reviste de esa autoridad prestada y se pregunta qué habría hecho don Rufo en su lugar, y al evocar la figura del viejo profesor le invade una cierta nostalgia.

—Les voy a dar el horario.

El usted marca el distanciamiento. Ya no queda nada del joven profesor que la víspera preparó un ridículo discurso de bienvenida: «Quiero que veáis en mí al amigo, al compañero...». Ahora siente que él es todos sus viejos profesores reencarnados y agradece, muy a su pesar, la severidad, tantas veces denostada, que ahora le marca el camino de la supervivencia.

El polvo de la tiza dibuja en el encerado los días y las horas. Cinco de octubre. El curso ha comenzado.

NOVIEMBRE

1

A primeros de noviembre, el Rojo me busca excitadísimo.

—¿Te has apuntado a religión o a ética? —me pregunta en clase de historia.

—A ética.

—Estupendo. Yo no sabía qué coger. Me iba a apuntar a otra religión, que es más fetén porque quedas exento. Pero luego me chivaron que esto de la ética nos lo va a dar la Fina, y eso es demasiado, tío. Figúrate que te enseña una cosa rarísima que se llama urbanidad.

—¿Urbanidad? —tercia Eva Pintos—. ¿Y qué tiene que ver la urbanidad con la ética?

—Y yo qué seeeé, tía, y yo qué seeeé...

—Pero ¿qué es urbanidad?

—Pues eso del Ayuntamiento, lo que dice cómo tienen que ser las calles.

—Ah, ya sé. El padre de Fran Gómez trabaja en eso.

—¿En urbanidad?

—Oye, Fran, ¿qué hace tu padre en el Ayuntamiento?

—Es concejal.

—¿De qué?

—De urbanismo.

—Lo veis.

—Creo que no es lo mismo —apunto tímidamente, pero nadie me hace el más mínimo caso.

La clase de ética resulta una auténtica pasada.

—Ya os lo anuncié —fantasmea el Rojo—. Os dije que era demasiado.

—Demasiado, tío.

A doña Begoña, que está a punto de jubilarse, le han dado la clase de ética para que no tenga tanto trabajo. Y ella ha decidido transmutarnos en paladines y baluartes de la civilización occidental. Y en este mundo caótico del empujón y de la silla para quien la pilla y del que más grita y peor habla, ella ha levantado la bandera del «pásame el boli, por favor», y está dispuesta a dedicar su vida, año y medio todavía en los terribles territorios de la enseñanza media, a convertirnos a todos en cruzados de la causa.

Desde el primer momento deja muy claro que ella es doña Begoña y no la «profe» ni la «seño» ni ninguna otra licencia verbal de índole semejante. Queda perfectamente establecido que el tuteo es algo soez; que, como mucho, puede permitirse entre iguales de la misma edad y condición, o entre allegados por consanguinidad (o séase, parientes) o afinidad de bienes culturales y sociales, cosa que entre ella y nosotros está a años luz.

—Ustedes y yo no somos amigos —esto lo recalca tres veces—. Yo soy *su* profesora, y ustedes son *mis* alumnos.

Y esto lo dice así, como escupiéndonos, pero educadísimamente.

—Es de otra galaxia —murmura Berto, alias el Menudo, que nunca ha llamado de usted a nadie.

Pero doña Begoña, distanciada y total, desde su bastón, marca las coordenadas ajustadísimamente y nos señala con precisión exacta que los extraterrestres somos nosotros y todos los de nuestra ralea, y que para llegar a las proximidades del espacio sideral en el que viven los seres exquisitos y maravillosos hemos de recorrer un largo camino entre manteles de hilo, palas de pescado y sillas de terciopelo.

Cuando llega la segunda sesión ya hemos aprendido que, aunque urbanidad, urbanismo y guardia urbano tienen en común la raíz urb-, que además resulta que viene de la palabra latina *urbs,* que ahora se dice urbe y que es lo mismo que ciudad, pues son todas ellas cosas muy diferenciadas.

—A ver —pregunta doña Begoña—, ¿quién me sabe explicar las diferencias?

En seguida se levanta la plasta de Antoñita Domínguez y larga que urbanidad es la ciencia que trata de las buenas maneras y de saber comportarse en sociedad y con los vecinos. En cambio, urbanismo es la ciencia que enseña a los concejales a otorgar las licencias de construcción sin enchufes.

Entonces Fran se cabrea muchísimo porque su padre no es ningún sinvergüenza y no admite sobornos ni cohechos, que yo no sé lo que quiere decir con eso, ni como Fran, que nunca sabe nada, conoce la existencia de semejante palabrota. En ese momento se levanta el Rojo y, con cara de ángel, le pregunta a doña Begoña si a los guardias se les llama urbanos para que aprendan a tener buenos modales con el personal, o si eso es cachondeo, porque los de su calle son unos auténticos bordes y no tienen maneras para lucir un adjetivo tan fino. Antoñita Domínguez dice que los guardias se llaman urbanos porque ordenan la urbe, pero que pueden ser mal educados si quieren, que para eso son guardias.

Doña Begoña pide un moderador y abre turno de debate, y la clase se divide en tres bandos. Los partidarios del guardia a secas, o sea, del de verdad, del que te corre si rompes las bombillas. Los partidarios del urbano, que te introduce por favor en el coche patrulla y te lleva al despacho del director si tienes la mala pata de que te encuentre en el futbolín a horas de clase. Y el bando disidente, al que me apunto de inmediato, que solicita, educadísimamente, eso sí, la extinción del 092 al completo.

Cuando suena el timbre, doña Begoña se muestra muy satisfecha porque sólo hemos gritado nueve veces, y el moderador ha retirado el uso de la palabra al bando disidente, que eso ha sido una injusticia enorme, que nosotros íbamos ganando, y si no hubiera sido por eso, a estas horas ya no existiría en el mundo ni un solo municipal.

2

TODAS las aulas del Instituto se estructuran alrededor de un gran patio central, y el techo del patio es de un material muy moderno que se llama policarbonato y que deja pasar la luz. Las aulas están distribuidas en dos pisos. Las de la primera planta dan directamente al propio patio. El segundo piso es abierto y tiene una barandilla desde la que te puedes asomar. Por un lado esto es super, sobre todo cuando tienes clase en las alturas, ya que le puedes tirar un libro a la cabeza a cualquier *matao* y distinguir inmediatamente a fulanita. Pero por otro lado es repugnante porque los profes, con sólo asomar la gaita, ya saben quién está fuera de clase montando pifostio.

Las escaleras entre la primera y la segunda galería son el santuario por excelencia de la Senra. Una distribución de tal índole tiene que ser realmente el sueño espacial de cualquier jefa de estudios que se precie.

A las ocho y treinta en punto, la Senra ya está allí, plantada como una vara de avellano, taladrándote con los ojos. ¡Ay del mortal que ose retrasarse cinco miserables minutos! La Senra es inmisericorde; hasta los profesores se mueven veloces en cuanto la silueta de la jefa de estudios, pantalón-seda-blanco, pantalón-seda-negro, larga-camisa-blanca, larga-camisa-negra, se recorta en la escalera.

Cambio de clase y allí está ella, auténtica, sempiterna... Ella y sus secuaces, los de guardia, que te embuten en clase echando virutas. Y es un agobio, porque uno está impaciente esperando el toque de timbre que te libera de los romanos y de los verbos, o del padre ese que le lleva veinte años al hijo, pero el hijo tiene cincuenta menos que el abuelo y ocho más que la prima, y hay que averiguar la edad de toda la parentela, y cuando estás que ya no puedes de desesperación porque acabas de despejar *x* pero no das con *y*, que está totalmente revirada, y andas igualando a cero por hacer que haces, suena el timbre y sales lanzado para ver a Teresa la de segundo, que está buenísima, y antes de que consigas avistarla ya está allí uno de esos desocupados de guardia y te empotra en la clase siguiente. A veces no tenemos ni profe, y uno podría ser feliz una horita corta dándole a la jugueta en la cafetería, pero llega el lacayo de turno de la Senra y te monta un estudio dirigido que te destroza.

¡Y lo de las puertas! Eso sí que merece comentario extra. En el Insti hay siete puertas. ¡Siete! Así, de buenas a primeras, tener siete puertas es como tener siete salidas al divino mundo exterior. Pues, ni agua. Como es imposible vigilar siete puertas y no hay más que tres bedeles, les han plantado unos candados que me río yo de los módulos de máxima seguridad; los funcionarios de prisiones, si viniesen al Insti a hacer un curso antifugas, se doctoraban.

La puerta principal es la única que está abierta fuera de las horas de recreo. Pero, claro, aventurarse por esos pagos es más peligroso que un naufragio en el Índico. Hay que pasar por delante de Secretaría y al lado del pasillo en que están los despachos de Dirección, con lo que te puede ocurrir cualquier desgracia. Luego tienes que pasar la aduana del bedel, que eso ya depende de quién te toque y del día que tenga el susodicho, porque hasta Ciendurillos, que suele ser un tío legal, solidario y cojonudo, puede convertirse en un carcelero de ocho cabezas si lo coges en mal día. Y no digamos si tienes la suerte en rojos y te cae Julia, o Tomás Piedra de Riñón, que es absolutamente lila y esclavo de la Cúpula.

Así que lo positivo es pillar la puerta de la cocina de cafetería, aunque para esto hay que tener camelada a Chelito la del bar y ser cliente habitual de bocatas de tortilla ladrillenta; o camuflarse en el gimnasio donde nace, crece y se desarrolla la divina, la maravillosa, la sacrosanta puerta de los vestuarios, salida directa a las pistas.

Desde esta mañana ya sabemos que el Carnicero no viene a cuarta hora, nos lo han chivado los del J, y el Rojo ha preparado un plan para largarnos.

—Salimos al baño y nos mezclamos con los que bajan al laboratorio de física.

—¿Dónde está el laboratorio de física?

—En la planta baja, estúpido, que no te enteras.

—¿Y?

—Luego os lo cuento, sobre la marcha.

Yo no me fío un pelo del Rojo, pero tampoco quiero pasar por pusilánime. Así que, sin demasiado entusiasmo, digo que bueno, que por mi vale.

En cuanto toca el timbre salimos muy formales del aula de lengua y, sin hablar con nadie, ni empujar, ni avizorar si está la Teresa, nos metemos en el baño; luego enganchamos con los de COU, que bajan al laboratorio, y seguimos con mucho tiento hasta el gimnasio, que está en el sótano, al lado de cafetería. Tenemos que esperar a que lleguen los de primero A, que son unos plomos, y colarnos como si tal cosa; nos escondemos en los vestuarios, cuestión de cinco minutos, y cuando calculamos que ya están todos en las pistas de deportes, pillamos puerta.

—Con cuidado —coordina el Rojo—, bien pegados a las paredes del edificio...

Nos deslizamos, sinuosos, por debajo de las ventanas de los despachos, con riesgo de la propia vida. Ahora sólo falta el tramo final, diez metros apenas y la calle será nuestra.

—Venga —ordena el Rojo—, Menudo, vete a espiar. En cuanto el bedel se ponga a hurgar en la fotocopiadora silbas y salimos.

—Como esté Ciendurillos nos la cargamos.

—Tranqui, colega —asegura el Rojo—. Todo está bajo control.

—¿Ah sí?

—Sí, Ciendurillos libra hoy.

—¿Y cómo lo sabes?

—Macho, tengo estudiados todos los turnos de bedeles. Hoy toca Piedra de Riñón.

—¡Qué tío!

—Elemental.

Cuarenta segundos, y un silbido largo rasga el aire. Es la señal.

Corremos. Saltamos la verja. En un suspiro hemos ganado la calle.

—Sin novedad —grita Couselo en cuanto nos alejamos unos cincuenta metros.

—Genial, tío —el Menudo está radiante.

—Y ahora, ¿adónde vamos?

—Anda éste, pues a la playa.

3

LA playa luce esplendorosa. Tiene ese color dorado que sólo se ve en el otoño.

No hace nada de frío y nos quedamos en camisa.

A lo lejos, entre las rocas, divisamos a dos niñas. Sentimos curiosidad.

—¿Vamos?

—Vamos.

Nos quedamos pasmados. Sentadas en una peña con los pies dentro del agua, Verónica y Leticia nos saludan con la mano.

—¡Quién iba a decirlo! —farfulla Couselo—. Parecen tan formalitas...

El Rojo se explaya contándoles nuestra fuga. Yo ya ni la reconozco. En lugar de una vulgar colgada de clase, aquello parece la odisea del espacio.

—Y vosotras, ¿por dónde habéis salido?

—Por la puerta —dice Verónica.

—¿Por la principal? —se admira el Menudo.

—No, por la lateral, por la que entramos cuando llegamos con los buses.

—¿Es que estaba abierta? —el Menudo no da crédito.

—Toda la mañana —concluye Leticia tranquilamente.

El Rojo, sin ningún recato, se arriesga a hacer el pino para impresionar. Yo me siento en la arena y miro de reojo a Leticia. Tiene la blusa entreabierta y se me pone un nudo en el estómago. Entonces me llama ella.

—Eh, Miguel, ven a sentarte aquí y mete los pies en la poza; el agua está buenísima.

Me acomodo a su lado, estamos muy cerca. Tiene las rodillas redondas, y mis pies tropiezan con los suyos al sumergirse en el agua.

—Vamos a chapotear —dice.

Una suave brisa de otoño levanta montoncitos de arena. En la piel, nitro y salitre.

A lo lejos pasa un barco de vela. Yo aspiro el olor del mar y el del viento y el aroma del pelo de Leticia.

4

EN mi clase hay un chico que va en silla de ruedas. Los primeros días, todos lo mirábamos de refilón, y si él nos miraba, disimulábamos. El que más y el que menos se acercaba a él, le hablaba como si tal cosa y se sentía henchido de bondad y muy satisfecho de haber practicado la virtud, o sea, que uno se sentía bueno porque otro no podía andar. Cuando Simón se integró en nuestro grupo nos creímos la mar de diferentes y estábamos orgullosos de que nos hubiese elegido. Pero al cabo de un par de semanas descubrimos que Simón no es ni peor ni mejor que nosotros. Simón es un camándula de la mejor especie: miente, fanfarronea, se chulea y se las arregla para que Martita la Bollicau, que está buenísima, vaya a su casa a explicarle los problemas.

Simón tiene la llave del ascensor, porque el ascensor está allí para uso exclusivo de Simón. De cuando en cuando lo usa temporalmente algún privilegiado que tiene esguince o una pata quebrada; pero el usufructo permanente y vitalicio le corresponde a Simón, de tal forma que él es el único propietario de la llave y designa cada día a los elegidos que pueden acompañarle. En realidad, Simón se basta solito para subir y bajar en el ascensor, pero la Senra no fue capaz de señalárselo cuando, con cara de arcángel del empíreo, argumentó que no podía subir solo por si se le atascaba la silla. En seguida se comprobó que el ascensor es un sitio tan bueno como el baño para colgar y que además se puede gozar de impunidad porque los retretes son lugares expuestos a las razias de la Senra o de Ciendurillos, su secuaz favorito en estos menesteres. Hace unos días, el Rojo ya le propuso a Simón lo de alquilar el ascensor, a dos duros la tercera hora y a cinco pavos la quinta, cuando ya el personal anda reventado.

—Bueno, pero con selección, eh. Si me caen gordos no lo pisan.

El Menudo es el encargado de confeccionar las entradas, todas cuadraditas, en cartulina verde las de tercera hora y en roja las de quinta.

Simón dice que hay que hacer unas negras especiales para parejitas, a diez machacantes, y se ha estudiado la posibilidad de la entrada de grupo, pero la propuesta ha sido desechada, no vaya a ser que se venga abajo el ascensor, que tampoco es cosa.

Han pasado tres días y ya hay cola. Celebramos asamblea general en la mesa del fondo de la cafetería, y Leti, que a veces es sensata, dice que Ciendurillos no nos quita ojo y que si seguimos con la venta de billetes indiscriminada, la Senra se enterará, y ya podemos encomendar el alma.

En adelante se va a hacer todo en plan muy clandestino. Las entradas se venderán únicamente a los amigos, y sólo a los de solvencia moral comprobada, o sea, a los de aunque me pille la Senra no canto, se les podrán vender hasta cuatro boletos. A partir de aquí la empresa no se responsabiliza.

La cosa funciona bien durante unos días, y si la condición humana no fuese tan vulnerable, podríamos haber tirado todo el curso. Pero siempre hay un soplapollas y un nenero. En esta ocasión es Angelito Durán, de segundo G, que tiene entrada de pareja y se pelea con la chavala antes de la hora; a la necia, que es una bonita de mamá, le entra claustrofobia y le da a cuanto botón existe; las luces del tablero de control se vuelven locas en conserjería, lo que hace que Ciendurillos salga disparado y abra con su llave. Y allí están ellos, el soplapollas y la bonita de mamá, que no saben explicar cómo han ido a parar allí por arte de encantamiento.

Ciendurillos se los lleva directamente al Ilustrísimo Dire, y la bonita no dice nada, porque no está al loro, pero el Angelillo canta la Traviata.

Simón se porta, escucha él solito todo el sermón y confiesa que la llave se la ha dado él y que opera sin cómplices. El Ilustrísimo no le cree una palabra porque ya el tutor nos tiene de ojo, pero Simón jura por sus muertos que sus amigos no tienen nada que ver y promete por sus vivos que ya nunca, nunca jamás, le prestará la llave a nadie. El Ilustre dice que lo más grave es lo del negocio, y llama a la madre de Simón, porque muchos empiezan así y acaban de capos en la camorra napolitana.

Consecuencia: Simón chapa cuatro domingos y cuatro sábados en casa, y nosotros chapamos cuatro sábados y cuatro domingos en casa de Simón, porque los amigos son para las ocasiones, tíos, y además bastante es que no he cantado, que a mí, total, nada, que para eso voy en la silla, pero a vosotros os hace jabón el director. Y el Rojo diciendo que claro, que todos como una piña, pero eso es porque lleva más comisión en lo de las entradas, y yo comiéndome los puños porque se juega el mejor partido de liga y mi padre me ha regalado una de tribuna.

5

LA profesora de inglés es fuerte como un caballo percherón. Mide uno setenta y cinco por lo menos, y tiene los brazos largos y las piernas musculosas. Lleva faldas de pliegues y blusas flojas, y cuando entra en clase arrastrando unos pies del cuarenta con unos zapatos de sufragista, el personal se prepara para montar cincuenta minutos de pifostio.

No es capaz de hacerse con la clase y se siente impotente para dominarnos. Blanca y granuda, y con el pelo deslucido, tiene el apodo de Torta de Huevo Malenvasá, que suele decirse abreviado. No está hecha para este trabajo, y es que los maestros tienen que estar hechos de una pasta especial, como un chicle o algo así, que se estire y se encoja según las circunstancias. Si no, la cosa no funciona: lo de los profes es un mundo.

La Torta de Huevo nos sirve de chivo expiatorio: en ella nos vengamos del Carnicero, de la Piños y de la Senra. Así que las clases de inglés terminan en batallas campales de reglas, tizas y aviones. No pasa día sin que dos o tres sean remitidos, con sello y todo, a la jefatura. Pero luego la Torta no lo comprueba, y los expulsados, encantadísimos, echando el pitillo en el retrete.

El martes llega Simón con un caracol en el brazo de la silla y lo deja en la mesa de la profe. El Menudo, que es un puerco, le escupe un montón de lapos alrededor, y Raquel Pérez los extiende con un papel por toda la superficie de la mesa. La verdad es que el trabajo queda precioso: parecen las babas del bicho... Al ver el silencio reinante, la Huevo se da cuenta en el acto de que sucede algo anormal, y en cuanto se sienta repara en la babosa, pero no se atreve a decir ni mu y pasa lista como si tal cosa. Pero cuando deja el bolígrafo y se le llena la mano de babaslapo no puede reprimir un gesto de asco.

—¿Qué pasa, seño? —pregunta un «inocente».

Fran se levanta y dice.

—¡Ahí va, un caracol!

—¿Dónde, dónde? —pregunta alguien, y todo el mundo rodea la mesa de la profesora.

—Siéntense. Vuelvan a sus sitios.

—¿Por dónde habrá entrado?

—Por la ventana, seguro que ha entrado por la ventana.

—¡Pero si está cerrada!

La Malenvasá nos mira con odio contenido: sabe perfectamente que se lo hemos puesto allí, pero es tal el miedo que nos tiene que no articula palabra.

—Oiga, profe, ¿quiere que lo tiremos por la ventana otra vez?

Cristina coge el caracol sin importarle un ápice los escupitajos, y Pilar Martínez, que no pierde comba para hacer méritos, limpia la mesa con un *kleenex*, a pesar de que el Menudo la está frotando a conciencia con el borrador para llenarla bien de babas.

La clase se dirige solemnemente a la ventana con el caracol. Fran abre la ventana y deposita al bicho en el alféizar con sumo cuidado.

—Cerradla, por favor —suplica la Huevo con un hilo de voz.

Por el momento, la clase se reanuda sin incidentes, hasta que una mano amiga reabre la ventana disimuladamente. Al rato, el caracol asoma y se dispone a dar un paseo por el marco.

—¡El caracol! —grita Raquel—. Profe, el caracol está en la ventana.

Todo el mundo aúlla como si el caracol fuese una pantera negra.

La Torta se acerca a la ventana y, en un acto de valor sublime, la cierra de golpe y... ¡crac, cric, croc...!, el caracol yace destrozado.

La Malenvasada queda en suspenso, sin saber qué hacer ante aquel cadáver que se deshace entre hilos de espuma.

—¡Asesina! —clama una voz.

—¡Asesina, asesina! —replica el coro.

—Pero, profe, ¿qué mal le ha hecho a usted el caracol?

—No... no quería matarlo —se disculpa.

—Pues está bien muerto, totalmente finado —dice Fran procediendo al levantamiento del cadáver y a la recogida de restos.

—¡Compañeros! —grita el Rojo subido en la silla—. ¡Un minuto de silencio por la muerte de ese ser indefenso que yace en la ventana!

Las julitritas de la segunda fila, que cuando quieren son un mundo de cachondas, se arrodillan y abren los brazos en cruz.

El Lince anuncia que después del minuto de silencio se rezará una oración por el alma del difunto, idea que es celebrada con grandes aplausos.

Miro el reloj. Van cuarenta minutos de inglés. Bravo.

El minuto de silencio es rigurosamente observado, y la Huevo, impotente, se pone en pie y guarda también el homenaje.

Un minuto..., dos..., tres..., cuatro... La risa nos ahoga.

Raquel dice:

—Oiga, profe, ¿y si el caracol tiene hijos y deja huérfanos?

—¡Colecta, colecta! —el Rojo pasa el gorro de punto y todos vamos echando, yo una chincheta, otro una tapa de boli, un rumboso una peseta, éste una hojita de bloc. El Rojo se aproxima a la mesa de la profesora y vuelca el gorrito.

—Aquí tiene... Para que se lo haga llegar a los huérfanos.

Es demasiado, incluso para la Torta de Huevo Malenvasá. Se levanta presa de una ira sorda, pero en ese preciso momento suena el timbre. Nadie espera. Hasta Pilar Martínez toma las de Villadiego. Volamos al pasillo y desaparecemos de su vista.

—¡Salvados por la campana! —exclama Couselo, al que le encantan las frases de película.

Verónica

A mí me da pena doña Bego, me da pena cuando sube las escaleras con ese bastón tan bonito de cabeza de gato. Yo, si estoy cerca, le llevo la cartera, que siempre pesa mucho. Algunos me llaman pelota, pero a mí no me importa. Yo no lo hago para que me dé buena nota ni nada de eso; además, doña Bego nos da ética y aprueba a todo el mundo. Ella quiere que dejemos de ser maleducados y que no digamos palabrotas. Dice que el mundo marcharía mejor si todos fuésemos amables y corteses. ¡Como si eso fuese posible! En clase de doña Bego, todo el mundo se hace el fino y educado, y ella tan contenta.

Yo en el Instituto lo paso de oro. Mi madre quería mandarme a un colegio privado porque todas las hijas de sus amigas van a coles privados. Yo, al principio, tampoco quería venir al Instituto porque no conocía a nadie y todo el mundo decía que era muy difícil y que había mucha gamberrada. Pero mi padre dijo que él había estudiado en el Instituto y que eso eran tonterías de mi madre y de las vaca-burras de sus amigas. Mi madre se enfadó y dijo que ella no era ninguna vaca-burra y que buenos sacrificios le costaba estar delgada, que sólo Dios sabía lo que sufría con la dieta de los hidratos de carbono y los masajes, y nos enseñó la pierna llena de negrones de lo que la había mazado la masajista. Mi padre se llevó las manos a la cabeza y le dijo que era una vaca-burra de las más vaca-burras que conocía. Y así fue como los negrones de la pierna de mi madre determinaron definitivamente mi matriculación en el Instituto, que más valía gamberros que ignorantes, y que sólo le faltaba a él, a mi padre, que le saliese una hija pija, incapaz de sacramentos.

En seguida hice una amiga estupenda. Se llama Leticia, y su padre tiene una panadería. El otro día nos trajo a toda la vasca, que somos los amigos, hogazas recién salidas del horno, calentitas... También soy amiga de Miguel y del Rojo, los del pupitre de al lado. El padre de Rojo es camionero, y el de Miguel, abogado.

Rojo manda mucho en clase porque es repetidor y se las sabe todas. Los profesores lo tienen muy marcado, pero a mí me parece un chico estupendo y creo que los profesores le tienen manía.

El otro día, en clase de matemáticas, me salvó la vida.

Yo no había hecho los problemas, y el Carnicero va y se pone a llamar por lista, pero salteados. A mí se me heló la sangre.

—Si me saca me muero —le dije a Leti, y justo, justo en ese momento...

—Verónica Novelle.

El corazón se me subió a la boca. No podía articular palabra.

El Rojo, que se dio cuenta, se puso a silbar con todo el descaro. Al Carnicero le dio un mal, enloqueció completamente.

—¡Fuera! —gritó—. ¡Fuera ahora mismo! ¡Al pasillo!

El Rojo, con una frialdad de película, se levantó muy despacio y puso cara de asombro.

—¿Yo?

—¿Es que tiene usted alguna duda? —el Carnicero se levantó y se vino hacia el Rojo.

No se oía ni el vuelo de una mosca.

El Rojo recogió los libros y se disculpó.

—Perdone, don Abilio. Ha sido sin querer... No me he dado cuenta.

—¡Ah, usted silba por acto reflejo!

—Pues si... Es una melodía que la tengo pegada y me sale de pronto.

El brazo del Carnicero se agitó en el aire. Creí que lo iba a estrangular, pero se contuvo y respiró hondo para no matarlo allí mismo.

—Salga —resopló.

—Sí, señor.

El Rojo salió sin hacer ruido —el Carnicero nos midió a todos con esa mirada suya de matarife de jueves y se fue resoplando con la vena del cuello a punto de estallar.

—Copien estos problemas —gritó desde el encerado—. Tienen treinta minutos para resolverlos y entregarlos.

—Se ha olvidado de ti —silabeó Miguel—. De puritito cabreo.

Leti cogió mi cuaderno y escribió: «El Rojo se ha dejado crucificar por ti; eso es que le gustas».

En el segundo recreo, Leti se empeñó en que le diera las gracias.

—Es lo menos que puedes hacer.

—Ya... Pero me da un corte...

—Venga, acércate y dile algo.

El Rojo venía hacia nosotros, muy ufano.

—Gracias —me puse coloradísima, no sabía dónde meterme.

—No ha sido nada, guapa.

—Sí que ha sido. Te lo agradezco muchísimo.

—Una vez por ti, otra por mí... —contestó, y se alejó como si nada.

—Le gustas.

—Si le gustara no se iría.

—Es para disimular. Tú haz como que no te importa.

—No sé yo...

—Para que se interese... Si te ve colada estás perdida... Pero si no, muerde el polvo.

—Yo no estoy colada.

—¡Anda que no!

Durante unos días, cada vez que veía al Rojo le esquivaba. Pero él no le daba importancia. Me entró un mosqueo.

—Oye, Leti: esto no funciona. Ni me mira.

—Peor para él.

El Rojo se ha puesto a coquetear descaradamente con Martita la Bollo, que es guapísima, y con Natalia Verdejo, de segundo J, que fue compañera suya el año pasado. Yo lo estoy pasando fatal. Leti sigue diciendo que yo soy la que le gusto y que hace todo esto para colarme y para que me ponga por él, pero yo no estoy segura.

DICIEMBRE

1

HACE frío. El padre de Verónica nos trae en su coche. Fran nos acompaña en el Vespino. Yo creo que se va a convertir en un carámbano de hielo. Todavía no ha llegado nadie. Somos los primeros. Es muy temprano. Amanece.

La pista de baloncesto está cubierta por una niebla densa que, poco a poco, se disipa. Lo vemos entre la niebla, primero los zapatos, luego las piernas enfundadas en un mono azul.

—Es un cadáver —asegura el Rojo.

—Entre la niebla —tiembla Leticia.

—¡Como en Londres! —susurra Vero.

Nos alejamos muy nerviosos, las imaginaciones se transmudan en caballos al galope.

—Se suspenderán las clases.

—Claro.

—Ni lo sueñes.

—¿Estás de broma, Rojo? Si hay un muerto.

—Ni por ésas.

—El curso pasado hubo huelga de autobuses, que es peor, y no las suspendieron.

—¡Qué bestia eres, Rojo! ¡Cómo va a ser peor!

—Lo es. Al muerto lo retiran, y en paz. Pero si no hay autobús, no puedes volver a casa y tienes que quedarte a vivir en este sitio infecto.

—Vas en el urbano.

—Ya... ¡Ochocientos al mogollón! Nos dejaron tirados, tíos, y mira que se lo dijimos al Ilustre, pero nada, las clases hasta última hora —Rojo engola la voz para imitar al director—. ¡Las clases son sagradas! ¡La huelga de autobuses no es su huelga! ¡Ustedes a lo suyo! —ahora prosigue en tono normal—: Como si no fuese lo nuestro caminar kilómetros para volver a casa o empaparte en la carretera esperando un coche.

—Es diferente: aquí se ha perdido una vida —replica Vero adoptando un tono absolutamente melodramático.

—¿Estáis seguros de que estaba muerto?

—Muertísimo.

El coche del director aparca delante de la verja. El director no viene solo: lo acompañan dos hombres desconocidos.

—Mirad —señala Leti—. Es la poli.

—¿Cómo lo sabes?

—Llevan gabardina.

—¡Valiente cosa! Aquí todo el mundo lleva gabardina los días de lluvia.

—Éstos llevan gabardina de poli.

Cruzan el patio a grandes zancadas y entran en el edificio muy deprisa. En la puerta, Ciendurillos, que acaba de llegar, les explica algo con grandes aspavientos.

En ese momento empiezan a llegar los autobuses, y los patios se llenan de gritos, de risas y de carpetas.

—¿Y ahora qué hacemos? —pregunta Fran.

—¿Nosotros? Nada —contesta el Rojo—. Lo de siempre.

—¿No se lo vamos a contar?

—¿A quién, a los ochocientos? Nos tomarían por alienígenas. ¿Es que alguien en su sano juicio te va a creer que acabas de ver un cadáver?

—¿Probamos? —se anima Leti.

—Yo no, desde luego. No tengo ganas de que me insulten a las nueve de la mañana.

El timbre de las ocho y veinticinco nos sacude con su ¡riiing! insoportable.

—¡Cerdos! —se duele Vero—. No respetan nada.

—Ya os lo he dicho.

En ese momento se acerca Couselo y Leti le espeta:

—Cuando te lo diga, no te lo vas a creer.

—Venga, dímelo ya.

—Hay un muerto en la pista de baloncesto.

—¡Anda ya!

—Que sí, Couselo —intervengo yo—, que hay, bueno, había, porque ya se lo habrán llevado, un muerto.

—¿Y quién es?

—No sabemos. Un hombre con un mono azul.

—Estáis de coñita, ¿no?

—Que no, hombre, que no.

El grito del bedel corta la charla.

—Eh, vosotros, que voy a cerrar.

La de música da la clase como de costumbre, ni más ni menos. Su voz, más monótona que nunca, se deshace como un violín de otoño. Leticia contempla las gotas de lluvia en los cristales, y yo contemplo la melena rubia de Leticia y deseo hundir mi cara en ella.

Me vuelvo y le digo a Fran:

—Ésta no sabe nada.

—¿Qué decías, Miguel?

—Nada, profe. Era un recado.

—Los recados, al final de la clase.

—Sí, profe.

En el primer cambio se lo decimos a Simón y se le iluminan los ojos.

—¿Estáis seguros, estáis seguros, tíos?

—Completamente.

—¡Qué flipe!

Me asomo a la barandilla y observo el patio central y el pasillo. Nada. Los empujones de siempre, los llenos de los baños, Piedra-Riñón abriendo puertas, los de guardia haciéndose cargo de los grupos sin profesor... Del director, nada; de los de la gabardina, nada.

—La Senra no está —murmura Fran a mi oído.

Inaudito. El descansillo de la escalera principal, lugar de avanzadilla de la Senra, se halla desoladamente vacío.

Llamo triunfante a Couselo, que está entrando en matemáticas.

—Couselo, mira, ven —le señalo la abandonada posición—. Vacío.

—¿Y qué?

—¡Que no está la Senra, cretino! —Fran ha perdido la paciencia ante tanta terquedad y escepticismo—. Y cuando la Senra no asoma en un cambio de clase, ¿qué sucede?

Couselo abre unos ojos como platos.

—¡El mundo va a reventar! —exclama.

—Seguramente —espeto triunfante—, porque en el Instituto hay un muerto.

A las doce de la mañana nos hallamos al borde de la desesperación. Han transcurrido cuatro clases y en este maldito centro reina la normalidad más absoluta. Con muerto y todo, las clases continúan como si tal cosa. Ahora me convenzo de que el Rojo tiene razón: salvo un terremoto siete en la escala de Richter, nada es capaz de desbaratar el sistema.

Me llega un papelito de Couselo, que desde la visión del descansillo vacío está dispuesto a creer que el Instituto es el depósito de cadáveres del Anatómico Forense.

«El dire es incorruptible.»

Hago una bolita con tan incuestionable sentencia y la lanzo a la cabeza de una julitrita de la segunda fila. La julitrita se vuelve y yo le dedico la mejor de mis sonrisas.

Es entonces cuando se levanta el Rojo.

—Profesor.

Alejandro, ni caso. Está enfrascado en una de sus disertaciones favoritas.

—Profe —insiste el Rojo.

Alejandro pone cara de paciencia.

—¿Qué quieres?

El Rojo se adelanta y, cuando comprueba que toda la clase ha dejado de chapucear en los cuadernos, dice así, como quien no le da importancia a la cosa:

—En el Instituto hay un muerto.

Carcajada general. Alejandro ni se inmuta. Sigue sentado en el ágora de no sé qué polis griega practicando la democracia.

El Rojo, de pie en medio de la clase, insiste:

—En el Instituto hay un muerto. El que no me crea, que se lo pregunte al director.

Tres timbrazos cortos. El recreo. La clase sale a trompicones.

Simón, Couselo, la Bollito, Leti, Vero, Fran, Rojo y yo nos sentamos en la mesa de prensa y nos enfrascamos en la lectura, pesquisando indicios. Nuestro cadáver no aparece ni en la sección de anuncios.

El Rojo dice que el muerto es un aburrimiento porque la chusma —pronuncia la palabra con voz salvaje, escupiendo el desprecio por la comisura izquierda— no nos cree y en el Instituto «la vida sigue igual».

—Igual no —argumenta Couselo—, que la Senra no ha aparecido en toda la mañana.

—¿Quién será el muerto? —se pregunta Verónica—. Porque ver sólo le vimos los zapatos.

—Y el mono azul.

—Ya, pero eso no es nada.

—¿Lo habrán matado y lo habrán soltado aquí?

—Seguro.

—A lo mejor es un suicida.

—¿Conoces tú a alguien que se suicide en tu pista de baloncesto?

—Esto es un ajuste de cuentas.

—¡Qué mala leche! ¡Venir a ajustárselas a un Instituto!

A la quinta hora tenemos lengua. Llega la Piños con sombrerito y nos disponemos a aguantar el aluvión poniendo la «falsa-atentos». La «falsa-atentos», para el que no lo sepa, quiere decir que pones cara de atender, pero que estás en la berza.

La Piños, en lugar de largar lo del subjuntivo, nos anuncia que no hay clase de lengua, que tampoco se dará la última clase y que nos va a hablar el director.

—¡El muerto! —grita Fran, exultante.

La Piños le observa perpleja y, ante nuestro asombro, pregunta:

—Y usted, niño, ¿cómo lo sabe?

La Piños siempre usa estas expresiones para descolocarte: oiga, niño; cállese, niño; usted es tonto, niño. Y luego se pone a echar por fuera que es una barbaridad.

Yo, que ando reventado con todo este asunto, me levanto y explico muy satisfecho que nosotros hemos sido los primeros en avistar al muerto, que lo tenían tirado en la pista de baloncesto a las ocho de la mañana y que no habían procedido al levantamiento del cadáver hasta la llegada del señor juez y de la policía. La Piños me sigue embelesada.

—¿Ha pensado usted en dedicarse a la novela negra —me pregunta socarrona— o lo hace usted para entretener al personal?

—Es verdad —corrobora Leti, y yo siento que se me

esponja el alma—. La policía ha estado en el Instituto. Lo han revisado todo.

—¿De qué policía hablan ustedes, niños?

La Piños recalca el *ustedes* y lo antepone al *niños* para descolocarnos mejor.

Pero ya se escucha por la megafonía la voz del Ilustrísimo anunciando que nos van a impartir un curso de primeros auxilios y salvamento durante las dos últimas horas y que el curso continuará el próximo día.

Resulta que nuestro muerto es de goma y que los de la gabardina son de sanidad, que llevan gabardina cuando llueve, como todo quisque.

Bajamos a los patios y al gimnasio. Unos monitores muy buenos nos enseñan los primeros auxilios: lo de cómo mover a alguien en un accidente y lo de la respiración boca a boca, que a mí me hubiera chiflado practicarla con Leticia. Pero para eso está allí el muerto y un montón de muertos más, tirados por todas partes.

Lo peor es el cachondeo.

—Eh, sabuesos, ¡vaya olfato!

—Oye, Fran, aquí huele a cadáver.

Hasta los de tercero vienen a conocernos.

Para rematarme bien, la apestosa de mi hermana Rita va y se lo cuenta a todo el vecindario.

2

A Vero le gusta el Rojo. A Couselo le gusta Martita la Bollicau. A la Bollicau le gusta Fran. A Simón le gusta Vero. Al Rojo le gusta Vero. A mí me gusta Leticia. A Fran le gustan dos de segundo. Y al Menudo le gustan todas, pero no se come una rosca porque es un nenero.

Vero no habla, y suspira todo el día. Couselo hace de perrito faldero: le lleva las carpetas a la Bollicau y le presta los apuntes. La Bollicau se hace la remolona en los pasillos para ponerse al lado de Fran. Fran hace constantemente el imbécil dando vueltas con la moto para que lo vean las de segundo.

Leticia dice que a ella la pone de los nervios, que no aguanta tanta estupidez. Yo le digo que sí y me consumo porque cada día estoy más por Leti.

—Pues díselo ya —me anima el Rojo.

—No sé a qué esperas. Se te va a adelantar cualquier *pasmao,* y está bastante buena —le apoya Simón.

A mí me sorprenden tales comentarios proviniendo de Simón. Y él lo dice tan natural, como si no estuviese en una silla de ruedas. Es que no se corta por nada.

Todas las noches hago el firme propósito de decírselo.

—De mañana no pasa.

Y mañana lo pospongo otras veinticuatro horas.

—¿Se lo has dicho?

—No, Rojo, que no me atrevo.

—¿Quieres que se lo diga yo?

—Ni hablar.

—Pues hay uno de tercero que no le quita ojo, y lo he visto un par de veces hablando con ella.

—¿Y qué importa eso?

—Tú sabrás.

A mí, Leti me corta. A veces me parece que me la puedo ligar: se pone dulce, cariñosa... Ayer, sin ir más lejos, me revolvió el pelo y me llamó «guapísimo». Pero luego se dio media vuelta y se puso a charlar con su amiga Arancha de diecisiete mil insulseces, y yo allí, como un pasmarote, sin saber qué hacer.

Faltan sólo unos días para las Navidades. Pensándolo bien, ya no me queda tiempo, pero a la vuelta de las vacaciones se lo digo.

Enero

El tutor

ALEJANDRO Devesa, veintinueve años, licenciado en historia, funcionario por oposición impugnada tres veces, pero funcionario en definitiva. Profesor de bachillerato; en las próximas entregas, profesor de secundaria obligatoria. Tutor de primero F.

El timbre del despertador saca a Alejandro de un sueño profundo.

—Mierda. No hay derecho.

Aprieta mécanicamente el botón salvador y para aquel trasto infernal. Da media vuelta y hunde la cabeza bajo la almohada. Una vuelta, otra..., un instante nada más. ¡Qué bien sabe la cama! El calorcillo del lecho en torno a los cuerpos, el algodón de las sábanas acariciando la piel. Fuera, la humedad... y esos cafres de primero esperando su llegada para amargarle el día.

Alejandro se levanta a las siete y cuarenta, con el tiempo justo para meter los sesos debajo de la ducha, beber el café solo, bien cargado, preparar la cartera... Con el tiempo justo para sacar el coche del garaje y enfilar, como tantos otros mortales oprimidos, la ruta del trabajo.

A las ocho y veinticinco minutos, Alejandro Devesa, veintinueve años, profesor de bachillerato por oposición, aparca en el Instituto y trata de abrirse paso entre aquella estampida de bisontes adolescentes que destrozan el mundo.

Todos los días se repite que este trabajo no es para él, o lo que es lo mismo, que él no ha nacido para eso.

Él, universitario brillantísimo, expediente de notable, número tres de la oposición, tesina a los veintitrés años, doctor a los veintiséis, becario en Colonia a los veintisiete, y ahora, desasnando bárbaros.

Y tutor... Tutor de un primero... ¡Él es un historiador, señor!, y no el paño de lágrimas de los veinte madres-padres de los veinte suspensos en más de tres asignaturas a los que recibe todos los martes.

Y hoy es martes, martes y trece de enero, martes y Gólgota, martes y principio de trimestre.

Señor, que hoy va a venir el padre de Pepito Prenta, que tiene hora pedida y no se explica por qué Pepito suspende, y no voy a ser yo quien le diga que Pepito no vale para esto de los libros, que, total, su padre, cuando estuvo en noviembre, ya me dijo que él no tenía muchas pretensiones, que con que el niño llegue a profesor, como usted, don Alejandro, ya me conformo, que ya sé que para ingeniero no vale, pero por lo menos profesor, que eso lo es cualquiera.

Y a las doce, en cuanto despache al padre de Pepito,

la madre de Fernande Garcés, que está expulsado de tres clases por fanfarrón y maleducado, y su madre me dirá que qué hacemos los profesores, que no sabemos poner autoridad en clase, y que Garcés en casa es tan bueno que ayuda a doña Reme, la vecina, a llevar la compra, y mi niño es guapísimo, que no se pasa la vida en la calle como otros, y los domingos va al fútbol con su padre, pero nada de amigotes ni de chicas, que a mi Fernando no le interesan esas cosas. ¿Y cómo es que aquí se comporta tan mal en clase y contesta y escupe en el suelo? Mi Fernando no, que en EGB sacaba nota y todos los profesores estaban contentísimos; eso es desde que lo metí en este Instituto y se juntó con malas compañías, y como ustedes no saben poner disciplina, pasa lo que pasa.

—¡Dios mío, Dios mío! —musita Alejandro Devesa, tutor de primero F—. ¿Por qué me has desamparado?

1

LOS lunes por la mañana tenemos prácticas de biología.

Don Feliciano inicia la clase explicándonos cómo tenemos que diseccionar el mejillón. Nos divide en grupos de cuatro y reparte pinzas y escalpelos.

Todos observamos a Fran y su grupo de ecologistas desatados, esperando que salte la bomba. Pero ellos se comportan como las joyas de la corona: atentos y respetuosos, escuchan al profesor y aguardan sus órdenes.

—Oye —dice el Rojo—, éstos se han rajado, ¿o qué?

—No sé.

—Pues si que... ¡Con lo que lo llevan anunciando!

—¿Qué vas a esperar de unos tíos que andan todo el día defendiendo el ozono?

—Pues Fran bien que fuma, hasta las colillas aprovecha.

—Eso no tiene nada que ver.

—Ya. Pero ahora, ¿van a organizarla, o no?

El Rojo barrunta que se le echa a perder la mañana.

—Creo que no —murmura Leti—. Para mí que no se atreven.

—Si son unos matados...

Don Feli abre su maletín y extrae una bolsa de plástico.

—Ahí llega la mejillonada.

Don Feliciano se aproxima a las mesas y reparte la preciosa carga.

—Ocho para el primer grupo, ocho para el segundo.

—Eh, Fran —llama Leti—. ¿Es qué no vais a decir ni mu?

—Tomen las pinzas y sepárenlos de las conchas con sumo cuidado.

Ojos ávidos de emociones se clavan en los ecologistas. Nada, tan tranquilos, cogiendo las pinzitas y realizando la labor.

—Depositenlos encima de los tableros, tomen el bisturí y hagan una finísima incisión.

De pronto, Fran se levanta.

—Don Feliciano.

—¿Qué desea?

—Don Feliciano, esto es un atropello.

—No comprendo.

—Sí, un atropello, un atentado contra la vida.

—¿De qué vida habla?

Don Feliciano, bien se ve, está atónito.

—De la del mejillón, de cuál va a ser, profe —apostilla Nando Díaz envalentonándose.

Don Feliciano entreabre la boca y parpadea.

—No da crédito —me susurra Leti.

—Se arma —Rojo se relame de placer anticipado—. Se organiza, tíos.

Fran, muy en su papel y con la importancia que da sentirse líder a las nueve y treinta y cinco de un lunes, avanza hacia el pasillo.

—Don Feliciano, usted se pasa el día hablándonos de la importancia del medio ambiente, de la conservación de la naturaleza, del amor a las plantas.

—¿Y? —le interrumpe el profesor, a punto de perder la paciencia.

—Que ahora nos manda usted cometer una barbaridad.

—¿Cómo dice?

—Eso..., una barbaridad —Fran traga saliva—. Los mejillones son... son...

—Moluscos —chilla Reixas—. Asquerosos moluscos bivalvos.

—Asqueroso lo serás tú —grita un esmirriado protector de las especies naturales.

—Ya está, ya se ha liado —Rojo se sienta inmediatamente en la esquina de la mesa para coger entrada de butaca.

—¿Se han vuelto ustedes locos? —don Feliciano eleva el tono algo más que de costumbre.

—Éste es un santo —musita Ana García—. El Carnicero ya se lo habría merendado.

—Déjense de tonterías y empiecen a diseccionar.

—No señor —replica Fran—. No lo vamos a hacer. No queremos matar a ninguna criatura viviente.

—Están muertos —exclama Pilar Martínez, la pelota de la clase.

—No seas imbécil —el Rojo le arrea un pellizco.

—¡Ayyy!

Pero ya está Leti preparada. Con Leti da gusto: es una tía de abute y sabe estar.

—No, muertos no —replica—. Los míos se mueven.

Cada cual examina sus mejillones. Los míos, desde luego, son cadáveres desde hace horas. Es más: yo creo que todos están muertísimos, pero el que más y el que menos asegura que allí se mueve algo, que..., qué grima, yo no lo toco, y otras lindezas por el estilo. Las voces se elevan por momentos, y la paciencia de don Feliciano toca a su fin.

—Óiganme: o se ponen a trabajar ahora mismo o...

—No señor, no nos ponemos. Y no consentiremos semejante atrocidad —gallea Fran, haciendo una seña a su grupo.

Despliegan la pancarta. La tienen escondida debajo del

tablero. Medirá metro y medio de largo por medio de ancho. La sujetan entre cuatro y la pasean triunfantes.

DEFENDAMOS EL MEJILLÓN - NO A LAS MUERTES INDISCRIMINADAS - ÚNETE A NOSOTROS - EN DEFENSA DE LA VIDA

—¡Qué tíos! —exclama el Rojo.

Pero don Feliciano ya ha abandonado el laboratorio.

—¿Y ahora qué? —pregunta alguien.

—Ahora vendrá con la jefa y se nos va a caer el pelo.

—Se les caerá a ésos —traiciona el Rojo, y se dispone, tan fresco, a cortar su mejillón.

—Felón —aúlla Fran—. Asesino.

—No seas gili, Fran. ¡Están todos fiambres!

—No importa. Es una postura testimonial.

—Testi ¿qué? —pregunta Carola, aprovechando para darle un mordisco al bocata.

—Testimonial. Que haces como que sí aunque es como si no —explica un sabidillo.

—Ah, bueno.

—Vamos, Montenegro —pide el Rojo—, sal a ver qué se cuece.

—Mejor vas tú —contesta el aludido—. Yo no me quiero meter en problemas.

—Voy yo —se ofrece Ana—. Y vosotros, recoged la pancartita.

—No, defenderemos nuestras ideas por encima de todo.

—¿A que no tenéis pelotas? —dice el Rojo para provocar.

Al cabo de unos minutos, Ana regresa acalorada.

—¡Que vienen, que vienen!

En un santiamén, las manos vuelan sobre los bisturís, y los bisturís sobre los mejillones. Don Feliciano y la jefa de estudios entran en el laboratorio, que a estas alturas parece la cadena de producción de una fábrica de conservas.

Fran y sus muchachos, solos ante el peligro, sostienen la pancarta, dispuestos a morir por la supervivencia de los bivalvos.

La Senra entra bramando, echando lumbre por los ojos y jurando en arameo.

—¿O sea que hay un motín? ¡Un motín en el laboratorio!

Quedamos en suspenso esperando la catástrofe.

—A ustedes —ahora la jefa de estudios, reencarnada en gato montés, se dirige a los intrépidos pancartistas— les voy a dar yo revueltas y asonadas. Miren, miren lo que hago yo con su mejillonería.

Y la Senra, imagen rediviva de las siete furias, arranca literalmente la bolsa de plástico de la mesa de don Feliciano y vierte el contenido mejillonal en el suelo. Pisotea sañudamente las conchas como si el laboratorio fuese el lagar donde se estrujan las uvas.

—¡Querían mejillones, pues ahí los tienen! ¡Para paella!

Y la Bicha sigue pisoteando moluscos como si fuesen uvas, ante la atónita mirada de don Feliciano, y para regocijo general del primero F.

Los ecologistas, ante este torbellino desatado, enrollan

la pancarta con disimulo. ¡Pero buena es la Gorgona para dejar que se vayan así, de rositas!

—Alto ahí... Ustedes, los pancartistas..., salgan inmediatamente... Esperen en mi despacho. Ahora me encargo de ustedes.

—¿Crees que los pisará?

—Peor.

—¿De qué se ríen? —vomita la Senra—. No quiero ni un solo mejillón entero. Ni uno solo. Tienen cinco minutos.

Los «amotinados» no asisten a las clases siguientes.

A las doce llega Ana con la primicia:

—Los van a mandar a casa para tres días.

—¡Qué burrada! —silba el Menudo.

Durante toda la mañana no se habla de otra cosa en los pasillos, en las clases y en los patios. Incluso se convoca una reunión de delegados.

—Dice uno que pertenece al Consejo Escolar que eso no lo pueden hacer.

—Anda que no —apostilla el Rojo—. A mí me echaron dos días el año pasado.

—¿Y ahora qué han hecho con ellos?

—La Senra se los habrá echado a las ballenas.

—Los tienen en un despacho.

—Claro, y ahora —el Rojo se las sabe todas— les darán la «notificación».

—¿Qué notificación?

—Ésa, la que te dan para que la entregues en casa y tus padres te descuarticen vivo.

—Como a los mejillones.

Y todos nos partimos de risa.

No volvimos a verlos en toda la mañana. Pero a la salida, allí están. Fran, con aureola de héroe, rodeado por un montón de *fans* de todos los primeros. Nos acercamos.

—¿Qué tal? —pregunto.

—Mal —contesta el Esmirriado.

—¿Os mandan a casa? —inquiere Leticia.

—A mí, que me manden —Fran está más crecido que una catarata—. Me ha dicho uno de los consejeros que no te pueden echar sin expediente. Así que, que se atrevan.

—Vaya que se atreven —puntualiza Rojo—. Éstos se atreven a todo y mucho más.

—Mi padre —gallea Fran— viene y se la monta.

—¡Caray! —no puedo reprimirme.

Trato de imaginar lo que debe sentir un ser de catorce años que tiene un padre que en lugar de arrearte un guantazo si llegas expulsado, se solidariza con tu desgracia y con la desgracia de los mejillones y está dispuesto a enfrentarse con la mismísima Senra-Basilisco-Furia, reencarnada en jefa de estudios.

El martes a las diez en punto están allí el padre de Fran, la madre del Esmirriado, y dos o tres padres y madres más. Se pasean por el vestíbulo esperando ser recibidos por el director.

El Suso pide dos veces permiso para salir pretextando agudísimo dolor de muelas. Leti necesita una manzanilla, Reixas tiene la suerte de bajar a por tizas... Cada vez que entra uno, las caras, los ojos y las manos se agitan esperando noticias. Pero nada... Los padres no salen del despacho del señor Ardanaz y no se oye un solo grito.

A las doce y diez, hora del segundo recreo, podemos constatar que la Senra no sólo continúa viva, sino que se exhibe dando órdenes por los pasillos. De los padres, ni rastro.

—¡Expulsadísimos! —concluye el Rojo.

—Pero ¿pueden...? —pregunta Leti, terriblemente contrariada.

—¡Que si pueden!

Los «expulsados» regresan el viernes y se muestran aplicadísimos: la cabeza, del encerado al cuaderno y del cuaderno al encerado. En el patio, Fran explica a una concurrencia nutridísima que su padre se cabreó mucho y que vino dispuesto a armar un escándalo, pero que el dire le dijo que Fran había provocado una revuelta y soli-no-sé-qué a la clase.

—Soliviantado —corrige Antoñita Domínguez, que saca matrícula en lengua, que es una cosa que yo no había visto en los días de mi vida.

—Que habíamos mostrado conducta reticente.

—Y eso, ¿qué es?

—Eso —aclara el Esmirriado— es cuando nos sentamos con la pancarta.

—Y que todo eso constituía una falta grave, que lo ponía en el Real Decreto.

—¿Qué es un real decreto?

—Un decreto del Rey.

—Anda ya, bastante le importan al Rey los mejillones.

—Los mejillones no, pero el decreto es una ley que dice los derechos y los deberes de los alumnos y cómo te pueden o no te pueden castigar —aclara la delegada, que asiste a las reuniones de consejeros y está muy puesta.

—Pues aquí no lo deben de haber leído, porque te castigan por todo.

2

DESDE que se ha enterado de la existencia de un decreto real que regula los derechos y deberes de los alumnos, Couselo anda interesadísimo. Ha conseguido una copia y le da más vueltas que un ocho.

—¿Qué tal el decreto? —le pregunto.

—No se entiende nada. Lo han hecho a propósito para que no nos enteremos.

El Menudo se ofrece para llevárselo a su primo, que es abogado.

—¿No es tu padre también abogado, Miguel?

—Mi padre, si le llego yo con una chorrada de ésas, me pone en los cuernos de la luna.

—¿A un padre...? ¡Peligrosísimo! —corrobora el Rojo.

En seguida, el Menudo trae todo interpretado. Couselo dice que el decreto es una basura, que pone que hay que ir a clase sobre todas las cosas, como si fuese un mandamiento de la ley de Dios (Couselo habla así porque ha estudiado en los curas).

Y esto es causa de espanto y desolación para el Rojo,

que se lleva las manos a la cabeza y se mesa los cabellos en señal de desesperación, como los antiguos hititas ante la derrota.

—Busca los derechos —apremia Fran.

—No vienen.

—¿Cómo que no vienen?

—Yo no veo ninguno.

—Artículo veintidós —lee Couselo—. Son faltas graves... los actos de indisciplina... injurias... ofensas... la agresión física... la suplantación de personalidad... el daño en las instalaciones...

—¡Manda truco en La Habana! ¿Eso es lo que pone? —Simón se muestra abrumado—. Es como decir que no le puedes dar un guantazo al que te cae gordo, ni escupir, ni mencionar a la madre del director, ni nada de nada.

—Entonces, ¿dónde están los derechos?

—Ya te he dicho que no los trae.

—Pues los consejeros dicen —Menudo no da su brazo a torcer— que con este papel no te pueden castigar y que los profes andan jorobados.

—¿Visteis lo que hizo la Senra con los mejillones? —contradice el Rojo—. Pues eso es lo que hace el dire con el decreto de marras.

—¿Aunque sea del Rey?

—¿Quién te ha dicho a ti que el Ardanaz es monárquico?

Entonces Couselo anuncia que ya lo tiene y que al día siguiente va a venir con un globo.

Ninguno entendemos qué tienen que ver los globos con los derechos del alumnado oprimido, pero Couselo explica que sí, que mucho, porque en ninguna parte se menciona que él no pueda traer un globo a clase, que eso no es ni comer, ni mascar, ni fumar, ni ensuciar.

Y al día siguiente allí está Couselo con su globo, en la puerta de primero F. Es un globo rojo, limpito, con su cordelito y todo.

Tenemos clase con la Malenvasá, y Couselo le aclara que él lleva el globo como otros llevan la cartera o el bocadillo, que es su decisión y que no cree que moleste ni importune a nadie con ello. Le da la explicación, muy correcto, al empezar la clase, sin que nadie se lo pida. La Torta de Huevo tartamudea un poco, como si quisiese decir algo, pero sólo dice:

—Allá usted, pero no juegue con él.

Lo pronuncia recalcando el pronombre, poniendo énfasis en la sílaba tónica, vamos, como si el globo fuese alguien, un familiar de Couselo, pongo por caso.

En el cambio de hora se acercan los de la A y los de la J y preguntan si lo vamos a tener en clase del Carnicero. Couselo, que se está disparando mucho con este asunto, aclara que sí, que naturalmente.

Se cruzan apuestas. El Rojo y Simón las organizan en seguida. Los de segundo H mandan recado diciendo que Couselo no es capaz de pasearse por el pasillo, globo en mano, en cuanto aparezca la Senra.

—Naturalmente que no —salta Simón, que no ve la utilidad de semejante despropósito.

Pero a estas alturas, Couselo es una criatura henchida de vanidad, a punto de alcanzar la fama.

Y contesta que sí y pide que se comunique a todo el

mundo que en el intermedio entre la tercera y la cuarta no sólo saldrá al pasillo, sino que recorrerá, globo en ristre, todo el patio central.

—Ida y vuelta. Tres veces —grita Dafonte, que, como nadie ignora, no puede ver a Couselo y busca su ruina.

Couselo se vuelve airado, para escupirle en el alma. Pero se encuentra con los ojos de Martita Bollicau, dos lagos rendidos y empalagosos, y se derrite en un gran charco y abre toda la cola de pavo real, que si lo ve Juno le contrata para la consagración de la primavera. Y empieza a graznar el soplagaitas:

—Gra... gra... gra. Ida y vuelta.

—Tres veces —reta el luminilla de Dafonte.

—Gra... gra... gra. Tres veces —grazna Couselito.

La noticia se propaga como reguero de pólvora, y a las once y veinte, entre la tercera y la cuarta, la barandilla es el balcón de un corral de comedias. Hasta los de COU están asomados.

Los profesores entran y salen de las clases, pero nadie se mete.

—¿Qué es lo que pasa? —pregunta, bastante inquieto, un profe de guardia.

Ciendurillos dice que no sabe lo que se cocina y que alguien vaya a buscar a la Senra.

—¡Que viene, que viene! —avisan los centinelas, apostados en el descansillo central.

—Venga, Couselo, ahora.

—Baja, valiente.

Couselo pide silencio y educación, que aquello es una

cosa amparada por la ley, y lo que él va a realizar, un acto de afianzamiento de principios.

—Venga, macho, éntrale.

Couselo baja parsimoniosamente, enarbolando el pendón-bandera-antorcha olímpica-globo de la libertad, y navega la singladura del patio en el preciso momento en que hace su entrada la Senra.

Ciendurillos abre la boca estupefacto. Los profesores de guardia miran alternativamente de Couselo a la Senra, de la Senra a Couselo. El alumnado, repartido entre las dos plantas y perfectamente sincronizado, prorrumpe en aplausos y vítores cuando Couselo Arias, héroe de la libertad y del «pendoneo», cruza, tres veces, tres, el patio central, portando un magnífico globo rojo.

Al terminar el triple recorrido, Couselo se dirige con forzada sonrisa de mantén-el-tipo, la-tierra-entera-te-contempla a las escaleras y comienza a subirlas. La Senra, impasible, lo espera.

Enmudecen los aplausos, los vítores y las gargantas. La primera galería inclina peligrosamente el cuerpo para no perder ángulo del descansillo central; la planta baja alza la cabeza con similar propósito.

Couselo y la Senra se encuentran frente a frente.

—Y bien, ¿ha terminado usted su exhibición?

La voz de la hidra suena en tono contenido, ligeramente irónico.

—¿Adónde va usted ahora?

—A clase —responde Couselo, todavía vivo.

—¿De qué curso es usted?

—De primero F.

—¿Y tiene usted clase de...?

—De matemáticas.

—Pues vaya, vaya... Andamos un poco retrasados.

Couselo no se hace repetir la orden. Sube los peldaños de dos en dos..., de tres en tres..., de cuatro en cuatro... Ya está arriba cuando retumba de nuevo la voz de la Senra.

—Oiga, usted, el del globo...

Couselo se vuelve, y a mí me parece que no es tan alto.

—Baje.

Contenemos la respiración. Couselo nos mira de soslayo, y yo intento darle ánimos con un gesto.

Cuando lo tiene delante, la Senra no dice nada. Se limita a observarlo. Luego da una vuelta completa a su alrededor mientras juguetea distraídamente con el pelo. Couselo, de pie, globo-divisa en mano, empequeñece... En cuestión de segundos pasa de la categoría de héroe clásico a la de pepenador de cine mexicano.

La arpía se aproxima taimada; el tono de su voz, esta vez, latiguea cargado de ironía.

—Ha dicho usted que se llama...

—Couselo Arias. José Couselo Arias.

—Y bien, Couselo Arias, ¿a qué debemos el honor de este paseo de niño con globo a las once —consulta su reloj, acusadora— y cuarenta minutos?

—A nada. Es simplemente que yo traigo un globo como otros traen la cartera.

—Ya, ya. O sea que el globo forma parte de su indumentaria habitual.

—Bueno... Es decir... Bueno..., estoy en mi derecho, ¿no?

—Usted sabrá —y de pronto, sin más, la jefa de estudios, presurosa, extrae una horquilla de alguna parte de su cabeza y, ligera como el rayo, blande la mano justiciera y hunde la punta de la horquilla en las carnes del globo.

—¡Plof!

—La espichó —se lamenta Simón.

—Ahora la espichará Couselo —añade el Rojo, presintiendo la hecatombe.

Couselo parpadea maravillado, la Senra le dedica la mejor de sus sonrisas.

—No hay derecho —protesta Couselo con un hilito de voz, para mantener el tipo.

—¿Decía usted...?

—Que —Couselo toma carrerilla—, que esto conculca mis derechos.

—Ah, ya. Bueno, pues haga usted una instancia.

Couselo toma las de Villadiego.

—Todo el mundo a sus clases —atruena la medusa—. Métanse en sus clases de una vez.

FEBRERO

1

ME voy de casa.

Lo ha dicho de sopetón, en cuanto le han pedido firmado el boletín de notas.

—¿Adónde?

—Me las arreglaré.

—Pero no te puedes ir, te puede pasar cualquier cosa.

—Cualquier cosa me puede pasar si le presento esto a mi padre.

—Falsifícalo.

—Y cuando mi padre venga a hablar con el tutor, ¿qué? Porque el viejo no traga, no traga ni a la de tres.

—No lo falsifiques mucho.

—Déjate dos cates, el de lengua y el de inglés, por ejemplo. Total, por dos...

—Que no, que viene a hablar. Viene, seguro. Lleva tres semanas anunciándomelo.

—Pero ¿adónde vas a ir?

—Algún amigo habrá...

Lo suelta mirándome de reojo, yo ya sé que la cosa va por mí, y los demás también han cazado la indirecta.

—A mí no me miréis.

—Pues eres el único que tiene trastero.

—Que no. En mi trastero no.

—Vale —el Rojo se avinagra—. Ya encontraré otro sitio.

—Hombre, Rojo —protesto—. Mi madre sube a hacer limpieza.

—No te tires.

—Que sí, que sube.

—¿Cuántas veces?

—Yo qué sé. A mí dejadme en paz. No quiero líos.

A las cinco de la tarde estamos todos en el portal. Leti con mochila, Vero con un salchichón, el Menudo con una bolsa llena de guarradas, Fran con manta y almohada. Subimos por las escaleras para no encontrarnos con ningún vecino en el ascensor. Son doce pisos, hacemos cinco paradas. A las seis aparece el Rojo. Viene con lo puesto, tan campante.

—Hola.

—¿Estás decidido?

—Natural.

Leti le prepara la cama; la Vero y Fran, los bocatas. Zapeamos en la tele hasta las ocho. Nos despedimos. Leti le da un montón de besos, y a Vero casi se le saltan las lágrimas. El Rojo, con pinta de fariseo, se deja querer.

—Hasta mañana, guapo.

—Nada de eso —corto—. Mañana no sube nadie aquí. ¿Oyes, Rojo?

—Lo que tú digas.

—Hay que dar impresión de normalidad, y hoy no nos hemos visto desde que salimos del Insti, ¿de acuerdo?

—De acuerdo.

—Pasado mañana ya me arreglaré. Te traeré noticias y provisiones. Tú, ni rebullir.

—¿Y si quiere ducharse? —pregunta Verónica.

La miramos como si fuese marciana. Definitivamente, las chicas no tienen arreglo. ¿Dónde se ha visto que un huido de las iras paternas se duche, se lave o se ocupe de cualquier otra fruslería higiénica?

—Tú eres tonta, niña —se ofende el Rojo.

Y ahora sí que a la Vero se le llenan los ojos de lágrimas.

A eso de las once suena el teléfono; mi hermana me llama.

—Mikel, es para ti.

Odio que me llame Mikel, como si yo fuese Dustin Hoffman, pero no rechisto, ni la insulto, ni nada. Sé quién me llama; así que compongo estampa de disimulo.

—Diga.

—Soy la madre de Suso.

—Hola.

—Es que Suso no ha llegado.

—Ah, pues no sé.

—¿No ha salido contigo?

—No, no... A lo mejor con Fran.

La madre está intranquila, teme que le haya sucedido algo: Suso nunca se retrasa.

—¿No lo has visto en el entrenamiento?

—No, no...

Trago saliva. No sé qué decir, la verdad. Teníamos que haber ensayado. Irse de casa así, sin estrategia, sin consignas..., es descabellado. En cualquier momento, uno de nosotros meterá la pata, y adiós. Visiono el puño de mi padre estrellándose contra mis narices.

—Bueno, gracias.

—De nada.

No pego ojo en toda la maldita noche. Cuento corderos, visito tres veces la nevera, recito un poema, inútil. No consigo quitarme de la cabeza al inquilino del trastero. A estas horas, me digo, ya habrán dado parte, y cuando se descubra el pastel, porque esto se descubre, claro, me acusarán de cómplice, mi padre me descuartizará vivo, y me mandarán al talego o al reformatorio.

Suena el despertador. Juraría que acabo de quedarme dormido. Los párpados me pesan como losas. La ducha caliente me devuelve a la realidad.

Antes de salir para el Insti, me sobreviene un pronto, pillo el ascensor y aprieto el botón del piso doce. Plantado en el umbral, contemplo incrédulo aquel rostro placentero sumido en el más profundo de los sueños.

—¡Imbécil! —farfullo—. ¡No hay derecho! A éste le echo hoy, hoy mismo se va. Si no tiene donde dormir, que duerma en la playa. ¿No es tan valiente?

Durante las primeras horas, las clases transcurren con normalidad. Al Rojo le ponen falta, cosa que tampoco extraña a nadie. En el primer recreo ni nos miramos... Cada uno por su lado. La cosa revienta a cuarta hora, justo antes del segundo recreo. El director se presenta en clase, le dice unas palabras a la Torta de Huevo y nos pregunta:

—¿Alguno de ustedes vio ayer por la tarde a su compañero Jesús Álvarez? Hagan memoria. ¿Cuándo lo vieron por última vez? ¿Les dijo algo? ¿Saben si iba a alguna parte? ¿Si tenía algún problema?

—Oye, Miguel —rezonga Couselo detrás de mi cogote—. ¿Qué es lo que pasa?

—¿Cómo quieres que lo sepa yo? —miento con los dientes apretados.

La sempiterna Pilarita Martínez se levanta, presta y diligentísima, la muy soplapollas, y dice que ella cree que es por las notas, porque aún no ha traído el boletín firmado.

—¿Cuántos suspensos? —inquiere el director.

—Siete —larga un estúpido.

—Ya. Bueno, si alguno de ustedes sabe algo que pueda orientarnos, que lo diga. No ha vuelto a casa, y sus padres están muy preocupados.

—¿Han ido a la policía? —pregunta Leticia con rostro angelical. El director sale sin contestarle.

La Torta de Huevo Malenvasada ni siquiera intenta dar la clase. Bastante le cuesta mantener el orden dentro de los límites de la decencia, porque aquello es el colmo de la excitación.

Todos creen haberlo visto aquí o acullá, se rivaliza en quién ha echado con él la última plática, la Leti y la Vero se pavonean muchísimo de ser muy amigas suyas, y a mí ya me está hartando todo este mamoneo, y no me fío un pelo de que alguno no se vaya de la lengua. Fran me llama en un aparte.

—Los tengo de corbata. Es mejor decirle que se entregue. Tampoco se puede tener a los viejos con esta preocupación.

—Dejemos pasar el día de hoy —apunta el Menudo a la salida—, y mañana le decimos que se presente.

—¿Y por qué mañana? ¿Por qué no esta tarde o, mejor, ahora mismo? ¿Tú qué crees, Fran?

—No, no... Mejor mañana.

—Claro, como no está en tu trastero...

Se han creído que el Rojo es Tom Sawyer y que vivimos en Nueva Orleans, que uno va y coge un barco y se marcha río arriba, por el Misisipí. Pero el padre del Rojo no es la tía Polly, es un camionero de más de cien quilos que a mí me deshace; y a continuación mi padre, que tampoco es el juez Teacher, sino un sencillo abogado de provincias, meterá mis restos en un almirez y los machacará con sal y ajo para carnaza de perros rabiosos.

EL DIRECTOR

EL director reunió en su despacho a todos los profesores del curso primero F. También hizo ir a la jefa de estudios. Recopiló información puntual, de todos y cada uno de ellos, acerca del alumno Jesús Álvarez, que faltaba de casa desde la víspera. Después recibió a Jesús Álvarez padre, un camionero que se pasaba las noches en la carretera. El padre estaba preocupado, no tanto por la escapada en sí —«todos hemos sido chavales»— cuanto por la falta de interés del muchacho.

—Mire usted: yo no estoy en casa, y la madre no puede con él. Además, ella trabaja como limpiadora en un supermercado, y claro, él le dice que estudia, pero nada. Procuramos que no ande por la calle, pero la tele, ¿quién se la quita? Ahora lo mandamos a una academia, pero yo no sé si estamos tirando el dinero. Nosotros queremos que estudie, pero a mí ya me está llenando las narices. Hoy no sabe uno qué hacer con los chicos. Yo tengo que salir a ganar la vida, y el sueldo de la madre, pues hace falta.

—Naturalmente —dijo el director—. Ustedes no tienen la culpa. No es el primer chico que se escapa. No andará muy lejos, entre hoy y mañana volverá.

—¿Tiene usted idea de dónde puede estar?

—No, pero me lo imagino.

El director era perro viejo y sabía bastante de chicos, de suspensos y de boletines falsificados.

—Déme un día o dos. Si no lo encontramos, entonces ya veremos...

Cuando don Jesús Álvarez abandonó el despacho, el señor Ardanaz llamó de nuevo al tutor y a la jefa de estudios. Estudiaron la situación y hablaron largo y tendido.

—¿Qué piensas? —le preguntó Ana Senra.

—Lo mismo que tú. Estará achantado en casa de alguno de ellos.

—¿Qué vas a hacer?

—Lo de siempre —se dirigió al tutor—. Mándamelos, que bajen de uno en uno.

—¿Resistirán mucho?

—Hoy, puede. Pero mañana cantan de plano.

—¿Y si no...?

—Cuarenta y ocho horas es el límite. Lo demás constituiría una conducta anómala y por tanto... preocupante.

Alejandro Devesa, tutor de primero F, regresó a su clase. Ardanaz se dirigió a Ana Senra.

—¿Qué tal es el muchacho?

—Buen chico. Listo. Gran compañero... Si conseguimos que supere el curso, madurará. Es sólo cuestión de tiempo.

—¿Y si no...?

—Entonces..., supongo que abandonará, como tantos otros.

—Ya... —dijo el director.

2

ESTAMOS siendo sometidos al tercer grado.

El tutor nos ha remitido, de uno en uno, al despacho del dire.

—Yo no he hecho nada —se defiende Vero.

Atisbo un cielo negro desplomándose. Miro a Fran,

que a la sazón se ha transformado en el convidado de piedra.

—Estás de color gris —murmuro.

—¡Pues anda que tú!

—Yo lo tengo en el trastero, estoy *pringao.*

—Todos estamos pringados —ayuda Leti en el colmo de la solidaridad humana.

Pero el Menudo, y en eso se descubre su condición de rata de alcantarilla, argumenta que, efectivamente, yo soy el más untado porque tengo el cuerpo del delito en mi buhardilla y que ellos, a lo sumo, serán encubridores, pero de lejos, que uno no va a ser un chivato, pero tampoco se ha metido en nada.

—Pues bien que le has llevado una bolsa con comida —se cabrea Fran ante semejante deserción.

—Eso es diferente.

—Diferente será tu madre —pierdo los estribos—. Mira, Menudo, como sigas diciendo chorradas te arreo un revés.

A mí me toca declarar el tercero, detrás de Leti y de Vero y antes de Fran. Al Menudo no lo llaman, y ésta es la hora en que aún me pregunto por qué. También llaman a dos de segundo que fueron de la panda del Rojo el curso anterior, y a Pilar Martínez, aunque yo creo que se ha presentado voluntaria, y a Marta la Bollicau, que se sienta a su lado en clase de música.

—Siéntate —me ordena el dire en cuanto entro en su despacho.

Obedezco sin ganas. Hubiera preferido seguir de pie,

o dar el taconazo y decir «sí, mein Führer», como se ve siempre en las películas de nazis.

—Vamos, siéntate —me taladra con sus ojos de bricolaje. Empieza a largar preguntas y preguntas.

—¿Cuánto hace que no ves a Suso? ¿Sois muy amigos? ¿Salís los sábados? ¿Y los domingos? ¿Conoces a sus padres? ¿Vas con frecuencia a su casa? ¿Y él a la tuya? ¿Cuántos sois en la pandilla?, porque tenéis una pandilla, ¿no? ¿Salís todos juntos? Y las chicas, ¿van con vosotros los fines de semana? ¿Cuántos suspensos has tenido en las evaluaciones? ¿Cuántas has recuperado? ¿Dónde estuviste el martes? Pero cómo, ¿no estuvo contigo el Rojo? ¿Estás seguro? ¿Cuándo hablaste con él por última vez? Haz memoria. ¿Y por teléfono? ¿No habrás hablado con él por teléfono? Y a Leticia, y a Verónica, y a Francisco, ¿tampoco los viste el martes? Piénsalo bien. ¿Qué os comentó Suso de las notas? ¿Estaba preocupado? ¿A qué hora te lo dijo? ¿Le tiene miedo a su padre? ¿Cuándo le iba a enseñar las notas?

Estoy aturdido. Él desgrana una pregunta tras otra, y repite de nuevo la misma pregunta. Yo contesto con monosílabos; al principio los noes y los síes afloran sin titubeos, pero cuando empieza a interrogarme por todos y lo de las horas, y venga a repetir, pierdo terreno. Titubeo. La boca se me seca. Trago la última saliva que me queda y mis noes y mis síes se trocan en balbuceantes «no sé» o en sospechosísimos «no me acuerdo». Cuando abandono el despacho, yo sé que el director sabe que yo sé el paradero del Rojo, pero el cabrito no dice nada.

Entra Fran; sólo tengo tiempo de deslizarle:

—Di a todo que no.

Fran tarda muchísimo. Estamos terminando la última clase cuando aparece. Se ha vuelto definitivamente gris, no gris perla o gris abrigo de franela, que eso sería tolerable: su cara es de color marengo, y el desconcierto se refleja en sus pupilas.

—Ha cantado —me sopla Leti.

—¿Cantado, qué? —se inquieta Couselo.

—La Traviata —concluyo.

—Y además con coros —remacha Leti—. ¿No le ves la cara?

—Contádmelo, caramba —suplica Couselo.

—Díselo, Leti —a estas alturas, yo deseo que lo sepa toda la clase, que lo sepa todo el mundo, cuantos más, mejor.

A la salida, Couselo se solidariza inmediatamente, y mi admiración no tiene límites cuando se ofrece a cambiar al huido de refugio. Sus padres tienen un apartamento en la playa, y él controla las llaves. Esta misma tarde podríamos trasladarlo a una posición más ventajosa.

Fran asegura que él no ha cantado, que sólo se ha embarullado un poco y, para salir del paso, ha reconocido alguna llamada telefónica.

—¿A quién? ¿A quién has dicho? ¿No habrá sido a mí? —grita Leti espantada.

—Bueno, sí... Bueno, no... He dicho que me llamaste tú.

—Imbécil. Yo he contado que estuve estudiando con Vero.

—¿Conmigo? —el estupor se pinta en la cara de Verónica—. ¿Cómo se te ha ocurrido? Yo he dicho que salí de compras con mi madre, lo que además es cierto.

—Lo sabía —gimo—. Sabía que nos iban a cazar. Sois un hatajo de idiotas.

Ahora se acerca la Bollicau y nos habla con su voz de estrella de cine.

—No pasa nada... Por las tardes, nosotros hacemos con nuestra vida lo que queremos.

—Eso —redondea Fran sin ninguna convicción.

—Después de comer —Couselo se pone a dar órdenes—, nos vemos en tus escaleras y procedemos.

La Bollicau dice que ella también viene, y se hace de los nuestros. En cualquier otra ocasión me habría sentido el más feliz de los mortales, pero en estas circunstancias la Bollito sólo me parece gente. A las cuatro estamos delante del trastero. Abro y entramos despacito. Reina el desorden total. La manta en el suelo y los papeles de los bocadillos esparcidos por doquier. Del Rojo, ni huella.

—¡Se ha ido! —exclama Vero.

El corazón se me deshace de alivio.

—Ni siquiera ha dejado una nota —Fran busca por todos los rincones.

Couselo tiene una expresión desolada, la Bollo se acomoda y enchufa el tocadiscos.

—Es buena tu música —mueve el cuerpo a ritmo—. ¿Tienes *rap*?

—No puede habernos dado esquinazo sin más —Leti está dispuesta a aguarnos la fiesta—. A éste le ha pasado algo.

Ante la nueva perspectiva, Couselo se anima.

—Seguro.

—No digáis tonterías —intervengo—. Se habrá *rajao* y se habrá largado a casa.

Pero Leti insiste:

—Eso no lo hace el Suso ni en estado de trance.

La masa de angustia vuelve a atenazarme el hígado.

—¿Dónde estará este cretino?

Esperamos hasta las ocho; a esa hora nos hallamos completamente desazonados.

—El pájaro ha volado —sentencia Couselo.

—No tiene dinero —se preocupa Fran—. Me pidió quinientas pesetas.

—¿Se las diste?

—¿Quién, yo? ¿Me ves tú cara de quinientas pesetas a golpe de jueves?

De pronto, la Bollicau, suave y redondita, pronuncia:

—Yo lo sé, y vosotros también lo sabéis.

Lo veo claro como el día: el Suso es listísimo. El Suso está en el único lugar donde a nadie se le ocurriría buscarlo.

¡El Suso está en... el Instituto!

—No es posible.

—Vaya si lo es.

—¿Y va a dormir allí, él solo, con esos pasillos..., al lado del laboratorio? —comenta la Vero temblando.

—¿Y la alarma? La conectan todas las noches...

La Bollicau tiene la solución:

—Está en la casa de la bedela. La casa de la bedela se puede desconectar, y la bedela no está estos días. Ha ido a su pueblo, me lo dijo ella misma.

—Y nosotros, ¿qué hacemos ahora?

—Por lo pronto, cada mochuelo a su olivo —me sale rotundo—. Mañana trataremos de entrar allí y, de grado o por fuerza, lo llevaremos a su casa. Queda decidido.

3

LA bomba estalla a primera hora de la mañana. Sentimos la proximidad del cataclismo cuando, desde la clase de dibujo, vemos el coche de la bedela aparcar delante de la cafetería y a Julia apearse cargada de bolsas y paquetes.

—¡Mi madre!

—Le van a comer las orejas.

—Lo liquidan.

—Lo finiquitan.

—¡Lo expulsan!

A la media hora, ya está el Rojo en el despacho del director. La expulsión del Rojo es el tema lucero de la mañana. En el cambio de la primera a la segunda, el delegado de primero F hace llegar la especie a los delegados de todos los primeros. Al finalizar la segunda hora, los delegados de segundo y tercero son cumplidamente informados. La excitación crece por momentos. Entre la tercera y la cuarta, los representantes del Consejo Escolar celebran reunión de urgencia; en el segundo recreo, todo el Instituto sugiere estrategias variadas. Se prepara una gorda.

—Lo mejor es la sentada.

—No. De eso pasan, está muy visto. Al principio se arrugaban, pero ahora puedes pasarte todo el día en el pasillo con las posaderas mazadas, y ni te miran.

Los delegados de primero alegan que el encausado es de primero y que, desde luego, los primeros no entrarán en clase.

Los segundos se solidarizan ipso facto, excepto segundo D, que es un curso de *mataos* y chapones.

Los terceros dicen que bueno, pero que la sentada sea pacífica y en silencio. Los primeros decimos que ni de coña, que de silencio nanai, que hay que dar con los pies en el suelo para montar bien la bulla. Algunos proponen una cacerolada y parlamentan con Chelito, pero la Chelo se escaquea con el cuento de que en la cafetería no hay más que dos tarteras y tres sartenes. Y eso lo dice por zafarse, porque para levantar clientela, mucho cuento, pero ella nunca se moja. Los de COU, como siempre, se llaman a andana.

Doce y treinta y cinco. Timbre. Final del segundo recreo.

Las galerías primera y segunda registran un lleno total. Los de primero F ocupamos lugar preferente en el pasillo central. Couselo aparece armado con un megáfono de cartón que acaba de afanar en el gimnasio.

Uno de los «consejeros» toma la palabra para explicar que un compañero está en dificultades y que se pide la solidaridad de todo el alumnado.

Aplausos.

Una redicha del tercero de letras solicita que se esclarezcan a fondo los hechos.

—Ya salió una soplagaitas —se cabrea Simón.

Leti insiste en que somos nosotros los que tenemos que hablar. Y Couselo, que es un notas, ve la ocasión pintiparada, agarra el megáfono y se transforma de pronto en un orador de primera especial:

—Compañeros, un colega está en trance de expulsión. Desde aquí os pedimos ayuda. Hoy por él, mañana por vosotros.

—Cállate, *matao* —grita un maletilla que nos tiene de ojo.

—A que te como las orejas —replica el Menudo, y hay que sujetarlo.

Couselo prosigue como si nada:

—Compañeros, ¿vamos a dejar que el sistema se cargue a uno de los nuestros? Porque Suso Álvarez es uno de los nuestros.

Aplausos.

—¿Quién es Suso Álvarez? —se escucha.

—El Rojo.

—¡El Rojo! ¡El Rojo! ¡El Rojo!

En ese momento comprendo lo importante que es tener amigos y ser un buen camarada, porque el Rojo, dígase lo que se quiera, es un tío legal, siempre dispuesto a pasar la chuleta, a jugarse el alma por un colega, y antes muerto que chivato. El Rojo es el mejor compañero, el mejor tipo del mundo. En cuanto se corre la voz de que es el Rojo quien está en apuros, una cadena de voces, pies, manos y silbidos recorre el patio central.

—Rojo a las aulas —grita uno.

—Rojo a las aulas —aúlla un coro de quinientos.

—No nos moverán —dice Couselo, en plan cursi, por el megáfono.

—Es de abute —suspira Simón con los ojos en blanco.

Vero tiene las pupilas brillantes y yo siento un nudo en la garganta. Ahora, Leticia se levanta, le coge el megáfono a Couselo y con esa voz suya, firme y melodiosa, pide silencio:

—Vamos a hacerlo bien. Que nadie pueda decir que esto es cosa de gamberros.

Leticia empieza a cantar. Los profesores van acercándose... Algunos se sientan entre nosotros.

—«Para hacer una muralla...» —entona, y todos seguimos:

—«Los negros, sus manos negras, los blancos, sus blancas manos...».

El estribillo crece, crece y se estrella contra la bóveda de policarbonato en una onda caliente y solidaria.

En el patio central se recorta la figura de la jefa de estudios, que se queda allí, muy quieta, escuchándonos.

Leticia sigue cantando. Luego aparece el director.

EL DIRECTOR

EL director se sentó en el sillón giratorio y le dio un par de vueltas.

Fuera, la asonada crecía por momentos. Entró Ana Senra.

—Tienes que salir. El alboroto está aumentando, y si no lo cortas habrá que desalojar.

El director suspiró con resignación y se preparó para hacer una de sus intervenciones definitivas. (Una de esas intervenciones autoritarias en las que a lo mejor rodaba alguna cabeza.)

—Ya he hablado con el «héroe».

—¿Y qué?

—A lo mejor estudia a partir de ahora...

La jefa de estudios lo contempló socarrona.

—¿Tú crees?

—Quién sabe...

Entonces empezaron a cantar.

—Escucha... Ahora cantan. ¿Qué te parece?

—Espléndido.

—Siempre me desconciertas, caramba.

—Espera un poco, lo están haciendo estupendamente.

Pero la jefa de estudios salió disparada, temiendo que el orden saltase en mil pedazos.

Ardanaz esperó un tiempo corto. Luego se arregló el pelo, se revistió de Ilustrísimo Señor y, con paso firme, se dirigió a los cuarteles de invierno.

4

EL director llama a los representantes de los alumnos.

Dialogan.

Uno de los consejeros se aproxima a la mesa de megafonía. Un coro de ochocientos canta.

El consejero ruega silencio:

—Atención, nos va a hablar el director.

El director se dirige a los alumnos:

—Les felicito, lo han hecho admirablemente. Ahora les ruego que reanuden la actividad académica. Por favor, entren en sus clases. El alumno Jesús Álvarez subirá en un momento.

Nos quedamos de piedra. El director pasa pausadamente entre la masa y regresa a su despacho.

Los de COU aplauden. Luego, Suso Álvarez, el Rojo, aparece en el patio central, y una cerrada ovación se desparrama por todo el edificio.

El Rojo, por descontado, se convierte en el héroe del trimestre. Nadie, que se sepa, ha pasado una noche en el Instituto, ni ha vivido un día en la casa del bedel. Luce la cola de pavo real a todas horas; tanto la abre y la cierra que tengo miedo de que se le caigan todas las plumas.

Las tías andan locas. La Bollicau, Milarita, la Teresa de segundo H... Verónica, comida por los celos, y él, de chulito.

Naturalmente, se liga con Verónica de forma definitiva.

A nosotros nos cuenta que nunca pensaron en expulsarlo, pero que nos agradece lo de la sentada.

El director le estuvo comiendo el tarro más de una hora, hasta que él le dio palabra de estudiar y sacar el curso.

—¡Qué valor tienes, macho! —se admira Menudo.

—No, si lo dije de verdad. Voy a quitarlas todas.

—¡Y un jamón!

—Que sí, ya lo veréis. Lo que hice fue una pasada.

—Una pasada auténtica —le riñe Leti—, sobre todo por tus viejos.

Y Suso reconoce que sí.

El Rojo

Nombre: Jesús Álvarez.

Apodo: El Rojo.

Señas de identidad: Delgado, pelirrojo, inquieto, vago, simpático, chuleta, listo, enamoradizo, leal, popular.

Situación académica: Repetidor. Fichadísimo.

Integración en el centro. Total. Líder.

Extracción social: Proletaria, padre camionero, madre limpiadora.

A Suso le encanta el cine, las chicas y el Instituto. Sí, también el Instituto. ¡Ir allí con los colegas y armársela a esos tarugos de profesores que siempre te están comiendo el tarro y no te dejan hacer nada!

Total, porque se va uno un ratito a jugar al futbolín o

a la playa... ¡También hay que gastar mala leche para tener a uno encerrado siete horas al día!

Pero lo que más le gusta a Suso Álvarez son las chavalas. Todas. Las hay guapas, simpáticas, gilis, bufonas, colegas, pijas... Pero cada una tiene su aquel. A él le encantan.

Él nunca se había ligado: es de necios salir con una nena habiendo tantas y tan buenas... Pero este curso...

Este curso ha llegado Verónica. Vero es distinta.

A Suso lo que menos le gusta de Vero es que sus padres tengan tanta pasta. Al principio, creía que Vero era una niña pija. Pero Vero es demasiado y no le importa que él tenga una casa tan pequeña que ni siquiera tiene un cuarto para él solo, y tampoco le importa que no lleve pantalones de marca.

En casa de Suso no hay libros, ni enciclopedias, y el día que estuvo en casa de Couselo y vio la biblioteca tan enorme quedó de un pasmo. A él no le gusta leer, y ahora con la Piños y el Alejandro no queda más remedio. Además, el libro que le prestó Couselo es estupendo, ya podían ser así todos los libros.

Suso de mayor quiere ser veterinario, pero el BUP es una plasta y a lo mejor no lo quita. Bueno, eso pensaba antes, ahora no: ahora tiene que sacarlo porque su madre no va a estar siempre limpiando la mierda ajena y a él le molan las chupas de cuero y las motos, y eso que ahora su padre tiene coche y si aprueba el BUP se lo dejará, y él de mayor no piensa tirarse la vida en la carretera, como su viejo, que no sabe cuándo es día y cuándo es noche.

A Suso no le gusta estudiar, pero el dire le habló muy bien en el despacho cuando lo de la escapada, que eso fue una pasada. Y ahora las quitará todas en junio y pasará a segundo, que él no quiere dejar el Instituto.

MARZO

1

ESTA mañana se han zurrado dos chicas en el patio. Ha sido una pelea de cine. Ellas, allí, dándose de lo lindo, y el auditorio jaleando. Simón, como siempre, de privilegiado, en primera fila.

La cosa no habrá durado más allá de cinco minutos, pero ha sido total. Couselo decía que había que separarlas y que era una vergüenza que el personal, en lugar de cortar la somanta, estuviese allí disfrutando de la fiesta, pero Couselo no se movía.

Lo mejor, el público.

—Éntrale.

—Dale ya.

—Métele, métele.

—Clávala de una vez.

La contienda ha terminado cuando la más menuda, que tenía un arranque de no te menees, ha dado con la otra en el suelo y se ha sentado a horcajadas sobre su estómago. El clamor del público era ensordecedor.

—Ahora.

—Le puedes.

—Es tuya.

—Remátala.

La vencedora se ha levantado triunfante y se ha mostrado condescendiente con la otra, que se estaba limpiando la sangre de la nariz.

—Ya está. Ahora no te chivas y quedamos de guay.

—Para nada —ha contestado Nariz Sangrante—. Yo contigo no quedo de guay.

—Como te chives, no lo cuentas —ha remachado la Pujales, que es una desgarrada de segundo y que no tenía nada que ver en el pifostio.

—Contigo no va nada. Así que no te metas.

—Va porque tú no me caes bien. ¿Quieres cobrar otra vez? Mira que yo no te dejo un hueso sano.

—¡Ciendurillos! —exclama una voz.

Y las masas, incluidas las *púgiles*, se dispersan como por encanto.

Estamos en el patio comentando la agarrada cuando, de repente, Leticia se desata y nos pone como chupa de dómine, como si fuésemos nosotros la causa y el origen de las trifulcas de la muchachada y de todas las guerras del planeta Tierra.

—Me dais asco, vosotros y los de vuestra ralea.

Nuestra ralea, para Leti, equivale al género masculino, y el cromosoma Y es lo más taimado e involutivo en las especies.

—Os ponéis así porque son chicas las que se pegan. Os

parece una cosa del otro mundo y, ¡hala!, a disfrutar como cretinos.

—Nada de eso, Leti —opone Fran, sin mucho convencimiento—. Lo que pasa es que se pegaban con un afán tremendo.

—A mí me gustan todas las peleas —aduce el Rojo—, pero mucho más las de nenas.

—¿Lo veis? ¡Yo flipo! —Leti se carga de razón y me escupe un desprecio universal.

—Que se pelee un chico es más normal —se atreve a apostillar el Menudo.

—¿Por qué? ¿Por qué es más normal? ¿Porque te han enseñado eso en tu casita? —los ojos de Leti son candelas—. Sois una pandilla de Neandertales..., y profundos.

—Pero Leti, mujer.

—Nada de Leti. Por ahí no paso, que yo tengo tanto derecho como tú a zurrarme con quien me dé la gana.

Y sin más, la altiva princesa se aparta de la chusma carcelaria.

—Ya se le pasará —predice Couselo.

EL TUTOR

ONCE y treinta de la mañana. Alejandro Devesa, tutor de primero F, recibe a la madre de Paquito Ortiz.

—A mí me mandaron venir porque el chico ha faltado estos días.

—Sí, señora. Falta mucho. Sobre todo a primera hora.

—Eso es porque pierde el autobús. El pobre es muy dormilón. Yo ya le digo: Paco, hijo, date prisa. Pero claro, está lo del desayuno: si bebe el *cola cao* deprisa, lo vomita. Así que yo le obligo a que se lo tome con tostadas. Y el zumo, natural, eh, porque luego son tantas horas... Como tienen ustedes este horario...

—Pues tendrá que levantarse antes.

—No, si él se levanta. Ya le digo a usted que es por el desayuno: lo tiene que tomar con calma, reposado.

«Jesús del Gran Poder», piensa el tutor, «¡que me esté pasando esto a mí!»

—Señora, si reposa tanto, me temo que va a tener que reposar las asignaturas para septiembre.

—No..., si lleva usted razón... Pero en la televisión dijeron ayer mismo... Oiga: ¿no ve usted el programa de sobremesa? Pues ahí, ahí mismito, dijeron lo del desayuno. Tiene que ser el veinticinco por ciento de la alimentación diaria. Si no, no asimilan y luego viene el fracaso escolar.

—Bueno, bueno... Aunque me temo que, si seguimos por este camino, el fracaso escolar va a ser peor que si viniese en ayunas.

—Y digo yo, ¿es tan importante la clase de primera hora, esa que dice usted que pierde?

—Todas las clases son importantes.

—Pero ¿qué tiene? Dígame qué asignatura tiene.

Alejandro Devesa consulta pacientemente el horario escolar.

—Lunes, miércoles y viernes, matemáticas. Martes y jueves, historia.

—Apúntemelo, quiere... Así que lunes, miércoles y viernes, matemáticas... Bueno, pues esos días ya me ocuparé yo de que se dé prisa. Martes y jueves, historia... Bueno, la historia..., mejor que desayune, ¿no cree? Total, todo cosas antiguas... Ya lo dice mi marido: hoy matemáticas e inglés, y eso de los ordenadores... Lo demás, para cultura general, bueno. Pero para el porvenir... ¿Qué le parece a usted?

—Que tiene usted razón... Que desayune, señora, que desayune.

2

LA última semana del trimestre se presenta movida. Ya han transcurrido casi quince días desde la pelea, y Leticia pasa absolutamente de nosotros. Nos da esquinazo continuamente, y como Verónica ha ligado con el Rojo y están en fase lunar, no sé a quién acudir. Yo creo que es por el asunto de las desgarradas, pero Simón me espeta que yo soy un lila, que Leti anda privada por un pavo de tercero de ciencias, un tal Marianito Méndez. No puedo imaginar eso de Leticia, pero cuando Simón lo dice...

Menos mal que sólo queda una semana. Empiezo la cuenta atrás.

LUNES

ESTÁ la Piños en el encerado a vueltas con la sintaxis.

—Vamos a analizar la oración «La sopa le gusta a Pepito» —enuncia con sus terribles sachos.

—Si te hinca un sacho —se relame el Rojo— te deja tuerto.

—Veamos. ¿Cuál es el sujeto?

—El sujeto es Pepito —grita una lumbrera desde la fila cuarta.

Como si el chaval hubiese dado una respuesta malsana o la cosa no tuviese su lógica, la Piños se ensaña con el desgraciado:

—No me diga, niño. Así que, según usted, Pepito no lleva preposición.

Todos miramos al Pepito del encerado, y allí está el mariconazo con su preposición delante.

—¿Qué pasa con la preposición? —pregunta en voz baja Carolo Mosquera, que nunca se entera de nada.

—Que no puede.

—Que no puede ¿qué?

—Llevarla.

—¿Por qué? ¿Por qué no puede llevar preposición Pepito si le da la gana?

—Los sujetos nunca llevan preposición —aclara Aurorita Domínguez, y a continuación, la muy empollada, explica que las preposiciones sólo valen para acompañar a los complementos, cada una al suyo, aunque a veces un complemento admite varias.

—¡Qué generosos! —digo yo.

—Miguel Oliva —me zumba el oído.

—Venga, colega —se cachondea el Rojo—. Recuerdos a Pepito.

Salgo al encerado dispuesto a averiguar de una vez por todas quién es el sujeto de la maldita sopa. Repaso todas mis lecturas detectivescas, desde Agatha Christie a Ross Macdonald, que es un tío que escribe unas novelas donde nadie sabe quién es nadie y todos se conocen. Ni por ésas. El sujeto al que le gusta la sopa no aparece por ninguna parte.

La estúpida de Antoñita Domínguez se levanta toda llena de razón.

—El sujeto es «la sopa».

—¿Qué sopa?

—La que le gusta a Pepito.

—Me entran ganas de reír...

Bueno, pues resulta que sí, que «la sopa» es el sujeto de «gustar», como si la sopa tuviese alguna preferencia por un determinado comensal. En cambio, los gustos de «Pepito» se la traen al fresco a la gramática.

Vuelvo a mi sitio, odiando más que nunca a la Piños, a Antoñita Domínguez y a la gramática.

La bolita me da de lleno en el cogote, la recojo con la izquierda y me dispongo a lanzarla de nuevo con la derecha cuando me llega la voz de Simón:

—Ábrela.

Leo el mensaje y la mañana se me sienta en el hígado. Al principio no puedo reaccionar. Tengo que releerlo.

«Leti se ha ligado con el marmolillo de Marianito Méndez.»

En el mismo instante me precipito en el infortunio. Veo la boca feroz de la Piños abriéndose y cerrándose, y todo el encerado lleno de sachos, sopas y Pepitos. Soy el ser más desgraciado del mundo.

Simón me lo explica con todo lujo de detalles en los futbolines.

—El domingo los vieron en el cine. Ya te lo advertí, Miguel. Te dije que andaba buscando pretextos. Te la han soplado —insiste Simón—. Te la han soplado por pardillo. Las tías quieren marcha. Si lo sabré yo...

Lo contemplo estupefacto. Simón siempre me descoloca. ¿Qué puede saber él de ligues y chavalas?

Juramos odio eterno a Marianito Méndez, el Menudo se ofrece para rajarle las ruedas de la moto, ante el espanto de Fran, que en lo tocante a motos es un conservador auténtico.

—Claro, como tiene Vespino... —critica Simón—. Pero yo se las rajo. Como voy en silla, nadie sospechará de mí.

¡La Leti me la ha pegado con un pavo con moto y de tercero! Dos obstáculos, a mi entender, absolutamente insuperables.

Por supuesto, colgamos la quinta y la sexta porque yo

no estoy para bromas, y toca inglés y ciencias, cosas ambas absolutamente insoportables a la una de una mañana de primavera y con un disgusto como el mío.

Nos vamos a rumiar mi desgracia a la playa, aunque el viento de marzo nos corta los labios y hay que abrigarse con la bufanda. La silla de Simón se hunde en la arena y tenemos que cogerlo en brazos y depositarlo en el suelo encima de una trenca. Simón, encantado, con tal de colgar... Yo ofrezco Ducados, pero Rojo saca una cajetilla de rubio que lleva para las ocasiones, y... fiesta.

MARTES

SIMÓN le ha rajado la moto a Mariano Méndez.

Le ha rajado las dos ruedas. Se las ha rajado a última hora, con una navaja. La navaja la ha traído de su casa y la ha tenido escondida toda la mañana en la silla.

Le han ayudado el Menudo y Couselo, sí, también Couselo. Yo no quiero saber nada. No tengo arte ni parte, pero en el fondo estoy encantado. Mariano no se ha dado cuenta hasta que ha ido a coger la moto.

Y ahí están los dos, Leticia y él, de plantón, mientras todos nos marchamos.

—Adiós, Leticia —saluda el Menudo asomándose a la ventana del autobús, con mucho cachondeo. Leticia nos mira y se ruboriza.

El autobús arranca y ella se queda plantada en medio del patio, con el imbécil de la moto estropeada.

Me embarga el dulce placer de la venganza.

MIÉRCOLES

VERO le ha contado al Rojo que Leticia llegó a casa a las tres y media de la tarde.

El panadero la estaba esperando y, cuando la vio llegar en la moto, le dio una bofetada.

Vero le ha contado al Rojo que a Leticia le ha prohibido terminantemente su padre ir en moto.

Hoy Leticia ha venido en el autobús. Ha pasado muy digna y no nos ha dirigido la palabra.

Vero le ha contado al Rojo que Leticia nos culpa de todas sus desgracias. Leticia nos odia.

JUEVES

ACABO de salir del entrenamiento y estoy a medio camino entre mi casa y el polideportivo cuando los veo llegar. Los dos tipos vienen en una moto roja. El conductor lleva puesto el casco, pero al de atrás lo reconozco enseguida, es del tercero de Mariano. La moto pasa varias veces a mi lado, unas veces deprisa, otras despacio. La cosa me da mala espina.

Vienen a por mí.

Mi calle no tiene salida, acaba en una pequeña plaza cerrada por los propios edificios. Mi casa está en esa plaza.

Ojalá haya algún vecino.

Desde la esquina, la plaza se me ofrece como un rincón solitario a la luz de los faroles mortecinos. Los motoristas se mantienen a pocos metros, al ralentí.

Me van a mazar.

No sé qué hacer. Calculo el tiempo que me llevará ir a la carrera, y el tiempo que tardarán los de la moto en alcanzarme. Ni lo intento. Decido afrontarlo. Me detengo y los espero.

La moto arranca y da un par de pasadas por la plaza a toda mecha. Luego viene hacia mí haciendo el caballo. Estoy muerto de miedo, pero me mantengo inmóvil.

Un par de giros, y frenan. El de tercero se baja, se quita el guante de la mano derecha y empieza a golpear con él la izquierda. El conductor se quita el casco, a ése no lo conozco, no me parece del Instituto.

—Oye, pavito —dice el de tercero—. Te vamos a partir tu linda cara.

—¿Por qué?

—Porque no eres gente. Los tipos como tú no son gente, son mierda y basura.

El del casco se baja. En un segundo ruedo por el suelo, ni siquiera sé cómo me han derribado. Tengo a uno sentado en el pecho, me asfixia. El de tercero me escupe en la cara. Yo cierro los ojos, estoy tan asustado que ni siquiera intento luchar. Entonces comienzan los golpes, yo grito. El de tercero me da un puñetazo en la boca y escupo sangre. Se me nublan los ojos.

Oigo el ruido de la moto alejándose. El de tercero grita:

—Y diles a tus amigos que ésta es sólo la primera. Estáis avisados.

Tardo bastante en levantarme. Estoy muy aturdido y un poco mareado. Me lavo en la pequeña fuente de la placita, y veo sangre en el agua.

Mi madre grita en cuanto entro por la puerta. Rita sale de su cuarto y rápidamente me lleva al baño, me sienta en el taburete con trapo de felpa, coge agua oxigenada, alcohol, algodón, gasa, esparadrapo y tijeras y me hace una cura.

Me sorprende la habilidad de mi hermana para esto de la enfermería. ¡Quién lo hubiese sospechado!

—Te han dado una buena, ¿eh, Miguel? —cuchichea—. Ha sido por Leticia, ¿no?

Pero no se cachondea. Por primera vez me habla como si yo fuese un ser humano, y por primera vez le hago confidencias.

—Leti sale con uno de tercero, y los de la panda le han rajado la moto a ese tío.

—¿Te ha pegado él?

—No. Él no los tiene en su sitio. Ha mandado un propio. ¿Qué voy a decir?

—Que te han asaltado y, como no llevabas pelas, te han pegado. A ver si así matamos dos pájaros de un tiro y nos suben la paga.

Mi madre se lamenta muchísimo y lo comenta varios días con todas las vecinas. Durante cuatro o cinco jornadas soy el héroe de la escalera, ¡la pobrecita víctima asaltada! Mi padre, en cambio, se limita a examinar el lastimoso estado de mi cara y dice que pase por el dentista para cerciorarnos de que no hay daño en la boca y de que todos los dientes van a seguir en su sitio.

—¿Cuántos eran? —me pregunta.

—Dos. Venían en una moto.

—¿Seguro que no los conocías? ¿No habrán ido a por ti? ¿Has tenido algún problema?

—No, no —miento descaradamente.

Pero no sé por qué, me da que a mi padre no se la cuelo.

VIERNES

NO he ido a clase. Tengo la cara tumefacta y los labios reventados. Los colegas vienen a verme.

—Lo que nos perdió —asegura Simón— fue el saludo del Menudo.

—Estas cosas —argumenta el Rojo— no se pueden hacer tan a las claras. Hay que ir más a lo clandestino.

Couselo dice que da igual, que de cualquier manera estaba claro que habíamos sido nosotros. Las motos no se rajan solas. Y todo el mundo sabía que yo estaba por Leticia.

Entonces Simón se cabrea muchísimo, escupe que Leti es una borde, y repite que yo soy un *matao*, que me la he dejado birlar por un soplapollas, pero que él se lo va a poner claro a la Leti, que o viene con nosotros, o se aleja definitivamente.

Yo me trago la angustia y la saliva, porque hasta el Rojo le da la razón.

—No, si a mí ya no me importa.

—Tú lo que tienes que hacer es ligarte a una maciza de segundo.

—Claro.

3

Y para aguarme bien las vacaciones y macerar aún más mi macerado cuerpo, en la cuarta suspendo cuatro.

¡Cuatro!

Mi padre monta un cirio y dice que ni cine, ni tele, ni entrenamientos, ni nada. Mi madre va a ver a Alejandro y vuelve con que yo tengo una crisis, que si la pubertad, que si el cambio... Mi madre decide que debo ir al psicólogo. Mi padre, que ni hablar. Ella que sí, él que no. Ella que sí, él que eso en Yanquilandia. Ella que sí, él que no se gasta los cuartos en pamplinas. Ella que sí, él da un portazo. Y, como era de prever, el miércoles a las cinco tengo cita en el psicólogo.

4

UNA señorita nos hace pasar a la sala de espera. Todo muy moderno y funcional.

Yo siento curiosidad. Me he leído un libro que me ha prestado Couselo y que habla de la personalidad. Así que, cuando la señorita le explica a mi madre que a la sesión tengo que entrar solo, me parece lo natural.

El psicólogo es una cosa muy corriente. Me manda sentar delante de una mesa de formica roja y no me hace ni una pregunta.

—Dibuja a tu familia —dice.

—¿A mi familia?

—Sí, a tu familia.

Me pongo a dibujar. Con mi padre me ensaño un poco, la verdad es que últimamente ha echado una tripa... A mi madre la decoro lo suyo, la saco recién llegada de la peluquería, que para eso me ha mandado a este señor tan fino en lugar de dejarme sin tele. Voy a dibujar a mi hermana, pero decido que es muchísimo mejor inventarme una hermana nueva y pasar de la plasta de Rita. Así que pinto a una niña pequeña con patines y le hago unos patines nuevos con botines blancos de cordones; me queda estupenda. Luego dibujo a Floco, el perro de los vecinos; le sombreo una pata en alto y la oreja de sabueso. Yo, la verdad, dejaría así la estampa, me ha quedado un cuadro familiar de película, pero me da pena de Rita, al fin y al cabo es de mi sangre. Así que la coloreo en una esquina, entrando en casa bajo la lluvia, y hasta la cubro con un paraguas, que es una cosa que se me da muy bien dibujar.

El psicólogo observa el dibujo un rato largo.

—Ahora dibuja a un hombre.

Ya me estoy cansando de tanto esbozo, y la consulta me parece una tomadura de pelo. En las novelas americanas, los psicólogos te hacen miles de preguntas, especialmente sobre los demás, que es lo que mola; tú vas y le cuentas que tus padres discuten y a ti te entra la desazón y no te puedes concentrar en los problemas porque tienes el espíritu angustiado y sólo ansías el amor de tus padres. Entonces te mandan tumbar en el sillón ese, parecido al que tenían los romanos para comer, y te dicen «rosa» y tú contestas «flor», o te dicen «flor» y tú contestas «mariposa», que eso se llama psicoanálisis y bucear en el subconsciente, que lo vi en una película buenísima de Woody Allen, y los padres del chico siempre son los culpables de que suspenda porque hay un vacío afectivo.

—¿Dibujas o no? —me interrumpe el muy borde, y me cae fatal.

Como ya estoy harto y tengo ganas de marcharme y

además éste es un psicólogo de pacotilla, punteo un monigote: cabecita, bracitos, piernecitas. Hala. Y se lo doy.

Se me queda mirando, sorprendido. Yo me digo: «Ahora, ahora va y me pregunta». Pues no.

—Por hoy hemos terminado.

Me manda a la sala de espera y hace pasar a mi madre, la retiene por lo menos media hora.

Al llegar a casa, mamá se encierra con mi padre en el despacho y tardan, tardan, tardan...

Durante la cena están muy amables, pero nadie se digna darme una explicación.

El resto de la semana transcurre sin incidentes. ¡Aburridísimo! Yo, un sujeto confinado que va al psicólogo, pero confinado. ¡Bonitas vacaciones! Decido parlamentar con la plasta de mi hermana.

—Oye, Rita —entro sumiso en su cuarto.

—Piérdete.

—Escucha, mujer. No seas así.

Es imposible hablar con Rita en cuanto se enchufa los cascos, de modo que me acerco a la cadena musical y la apago.

—Cretinooooooo.

—Espera, espera... Sólo es un momento. Necesito un favor.

—Ni un pavo.

—No quiero pelas.

—¿Y?

—¿Qué le ha dicho el psicólogo a mamá?

Me observa con curiosidad malsana.

—Pregúntaselo.

—Ya lo he intentado. Cambia de tema.

—Le ha dicho que estás mal de la azotea.

—¿Quién, yo?

Esta vez, Rita me mira como se mira a un marciano.

—Oye, Miguel, tú a mí no me la das.

No entiendo nada.

—A los viejos, puede. Aunque papá me parece que tampoco traga. Pero yo a ti te conozco.

—Te juro que no sé de qué me hablas.

—Y ten cuidado: a lo mejor te pasas y te internan en una casa de salud.

Debo de poner tal cara de asombro que ahora Rita me contempla como si yo fuese el lado oscuro de la galaxia.

—¿De qué vas?

—Sólo a ti se te ocurre renegar de la familia.

—Yo no he renegado de nadie.

—¿Cómo se te ocurre dibujar a una hermana con patines y al perro de los vecinos?

¡Conque era eso!

—Y qué querías... Voy a un psicólogo y me pone a dibujar muñequitos como si estuviese en párvulos.

—Eres tonto, niño... Todo el mundo sabe que en el psicólogo se dibuja a la familia.

—¿Ah, sí?

—Elemental.

—¿Para qué?

—Miguel, eres un caso perdido.

—¿Para qué tengo yo que dibujarle a nadie mi familia, qué le importa a ese señor?

Mi hermana se arma de paciencia.

—Porque así detecta tus conflictos afectivos.

—Mis conflictos afectivos no están precisamente en la familia.

—¡Pues haber dibujado a la panadera!

No me puedo contener. Caigo sobre mi hermana a mordiscos y a patadas. La muy bestia se pone a gritar. Llega mamá y se arma un belén de categoría.

Creo que me voy a ganar unos guantazos. Pero no: los guantazos se los gana Rita, de lo cual colijo en el acto que el planeta está definitivamente loco. Pero la cosa tiene su explicación.

Resulta que la estampa familiar tan compuesta es el espejo de mis frustraciones, y la culpa de que yo haya dibujado a una hermana inexistente es toda de Rita, porque si ella fuese como es debido, yo jamás habría dibujado a una niña con patines, que es el ser en el que yo simbolizo mis ansias de independencia.

—Para mangonearla bien —grita Rita exasperada—. Eso es lo que tú querrías: que yo fuese tu hermana pequeña para amargarme la vida, y encima me has pintado con patines para que me rompa una pierna. ¡Depravado!

En cuanto al perro... Floco... resulta ser el paradigma de mis anhelos..., de mis ambiciones no cumplidas..., de mis malhadados proyectos.

Resultado: tres sesiones semanales de terapia durante un mes. He decidido no discutir.

ABRIL

1

EN el Instituto hay muchas actividades a lo largo del curso. Abril es el mes de las conferencias.

Las conferencias, unas bien, otras regular. Las más, un bodrio en el que se duerme hasta el conferenciante. Y digo yo: ¿qué nos importa a nosotros el arquetipo en el teatro isabelino del XVII, o el automatismo y la conciencia de clase en la sociedad alemana de entreguerras?

Rosa, la vicedirectora, ha dicho que el próximo curso habrá cine y talleres. Nos va a pasar un cuestionario para que señalemos las actividades que preferimos. Yo voy a pedir deportes y viajes: a mí lo que más me gusta son los partidos, y a casi todo el mundo, creo yo.

Las mejores conferencias son las del sida, el alcoholismo y la objeción de conciencia. Pero la mejor, la mejor, es la de la sexualidad.

Nos pasan un papelito para que escribamos nuestras dudas o aquello de lo que queremos hablar. Hay de todo.

La mayoría va de cachondeo. La sexóloga prepara los vídeos y flipamos esperando la pornografía dura y pura, y observando a las niñas por el rabillo del ojo.

Nada. Los vídeos son muy interesantes, pero ni siquiera parecen pornos. Se ven las cosas..., pero de una manera que, cómo diría yo, no te da la risa floja. Cuando entramos, el Menudo se las da de entendido y farda que él está de vuelta. Yo también pienso que estoy muy puesto, pero resulta que muchas cosas no me las sé.

La sexóloga dice que podemos preguntar. Robertito, en plan pasota, gaguea que cómo se pone el preservativo. Mientras todos nos desternillamos de risa, la sexóloga saca una gomita y, sin inmutarse, que quedamos todos planchados, lo explica con todo lujo de detalles.

—Bueno, venga. Preguntad.

Y nosotros, silbando. La sexóloga insiste. Nosotros, mudos. La sexóloga insiste. Nosotros, sin lengua. Una niña se levanta y pregunta cosas de la regla y de los embarazos. ¡Nosotros, pasmados! Otra pide la palabra y habla de la masturbación. ¡Nosotros, patidifusos!

Al cabo de media hora han intervenido veinte chicas y cuatro valientes. Las chicas preguntan cosas que yo, ni barrunte. Ellas, lanzadísimas, no se cortan un pelo. La sexóloga, explicando tan satisfecha.

Faltarán unos cinco minutos cuando una de primero H indica que quiere exponer algo. Sube al estrado, coge el micro y, muy serena, cuenta que sufrió un intento de violación a los doce años.

Nadie se ríe. No hay chiste fácil.

—¿Fue muy traumático? —interpela la sexóloga—. ¿No te cuesta hablar de ello?

—Fue una experiencia terrible... Pero ya lo he superado.

—¿Por qué nos lo has contado?

—Creo que así ayudo a los demás —contesta y, dirigiéndose a todos nosotros, añade—: Si alguno de vosotros ha pasado por esto, debería exteriorizarlo. Estas cosas hay que denunciarlas.

El silencio puede cortarse con un cuchillo. La sexóloga anuncia que va a proponer a la Dirección que se impartan charlas sobre sexo y violencia. Cuando salimos, todos vamos muy callados. Yo observo a la niña de primero H: es una chavala valiente, no le importa hablar de eso, porque piensa que así ayuda a los demás. Siento muchísimo respeto por ella.

2

LAS cosas van mejorando. El de la psicología le ha dicho a mi madre que estoy a punto de encontrar mi identidad, como si la identidad se perdiese como la chupa o el chándal. Yo no la pío, porque mi vieja se encuentra realizadísima con esto del psicólogo, y yo le dejo que sea feliz.

Tampoco es cosa de irle contando a nadie lo de Leticia, que es una cosa muy privada. Pero Leti, desde que hemos vuelto de vacaciones, está simpatiquísima, y el otro día vino de tontería y se las arregló para ponerse a mi lado en el laboratorio, que se le notó muchísimo, aunque yo a mi bola, como si no existiese.

—Leti ya no sale con el Marianito —me secretea Simón en un viraje de la silla.

Y luego en los futbolines me explica:

—Leti está por ti, me lo ha contado Vero. Pero dice que ella no piensa dar el brazo a torcer, que tienes que ser tú.

—¿Yo? Esa niña es tonta. ¡Que le den...!

3

EN todas las clases se organizan debates en torno a las agresiones sexuales. A los de primero F viene a darnos una charla la mismísima Senra.

La Senra asegura que es una vergüenza lo que sucede en este país: encima de que te violan tienes la obligación de defenderte con uñas y dientes, que ya es el colmo. Les advierte a las chicas que, si alguna vez tienen la desgracia de sufrir una agresión sexual, no deben resistirse, porque más vale una violada viva que una violada muerta. Se abre un debate en torno a la violencia y al machismo y sobre la igualdad de sexos, y el estúpido de Felipe Robles, que tiene los sesos reblandecidos, afirma que las mujeres son sexo inferior y que la prueba es que ninguna mujer ha sido nunca papa. La Senra pregunta si ese individuo es normal y dice que espera, por el bien de la humanidad, que el sujeto llamado Felipe Robles no sea capaz de superar primero en los días de su vida porque de lo contrario habrá que colegir que el sistema educativo no sirve para nada.

Mi grupo se adhiere a los defensores de la igualdad de sexos, y Couselo llega a sostener que el sexo femenino es superior, cosa que es una pasada. Pero lo dice para ver si la Bollicau va el domingo al cine con él. Yo me apunto entre los que se hacen su cama y recogen la loza, aunque es mentira, porque en mi casa las camas las hace mi madre y los platos los friega la chica.

Al terminar el debate, las chicas nos desprecian, nos odian, y Leti más que ninguna. Soy difamado, escupido, vilipendiado... Leticia no consiente que un ser perteneciente a esa abyecta clase toque el ruedo de su vestido. Mis protestas, mis súplicas, no son escuchadas.

Yo, Miguel Oliva, llevo el estigma de varón en la ingle y en el DNI.

Todas mis maniobras para recuperar a Leticia se detienen en ese preciso instante..., y mis dotes de castigador, ensayadísimas en el espejo del vestíbulo, sufren un fatal retroceso.

En cuanto llego a casa, para mancillar mi cuerpo de macho y purificar mi espíritu carpetovetónico, me ofrezco a bajar la basura, cosa que ya hacía siempre, pero a trancas y barrancas y ciscándome en todos. Pregunto si quieren algo de la tienda o del quiosco: total, de paso que bajo... Mi hermana suelta el teléfono y viene a contemplarme fascinada.

—¿Qué es lo que quieres tú hoy? De mi ni un duro, entérate.

—¿Yo? Simplemente cumplo con mis obligaciones y colaboro en la casa.

—¿Quién, tú? ¡Ah, pero vives aquí! Pues venga, súbeme un Winston.

Estoy a punto de contestar que el Winston se lo suba su padre, pero pienso que esto me purificará muchísimo porque ser dominado por la hermana de uno, sobre todo si esa hermana es gilipollas, debe de ser el colmo del sometimiento. Así que bajo la basura, paseo a Floco, compro una revista en el quiosco y subo el tabaco de mi hermana. Que son cuatro cosas. Cuatro. Todo para que Leticia, cuando lo sepa, me quite el sambenito de macho ibérico y me ascienda a la categoría de varón sueco civilizadísimo.

LA JEFA DE ESTUDIOS

ANA Senra descolgó el teléfono del despacho.

—Diga.

—Tiene una llamada —contestó el bedel.

—¿Quién es?

—Un padre, pero no quiere dar su nombre. ¿Se pone?

Ana Senra lo pensó un momento. Tenía por norma no

atender llamadas de anónimos «protestadores», pero sintió curiosidad.

—Pásemelo.

—La pongo.

—Diga.

—Buenos días —saludó un varón de voz engolada.

«Ejecutivo o vendedor con cursillo de imagen», pensó Ana.

—Buenos días. ¿Qué desea?

—Deseo protestar.

—Adelante. ¿Con quién hablo, por favor?

—Perdone usted que no me identifique. Quería información sobre algo que supuestamente ocurrió ayer en ese centro.

Ana Senra estuvo a punto de mandarlo a paseo, pero de nuevo sintió curiosidad.

—Usted dirá.

—Si mi información es veraz, ayer tuvo lugar una conferencia sobre sexualidad.

«Ya están aquí las fuerzas vivas», pensó la jefa de estudios. «No han tardado mucho.»

—Su información, de momento, es veraz.

—Quiero mostrar mi disconformidad y mi repulsa. ¿Cómo es posible que a niñas de esa edad se les hable de temas tan escabrosos en un centro docente?

«¡Ah, las tiernas niñas!», se dijo la Senra.

—¿Se refiere usted a la conferencia que se impartió a los alumnos de primero de BUP?

—Exactamente. A las chicas no se les dan esas charlas.

—A las chicas y a los chicos —puntualizó la jefa de estudios.

—Yo soy padre de una niña. Me niego a que mi hija escuche esas guarradas. ¿Sabe usted la conclusión que sacó mi chica de dieciséis años? Llegó a casa diciendo que somos unos trasnochados y que ella ya tiene edad para ciertas cosas, usted ya me entiende.

—Le entiendo perfectamente, por desgracia.

—¿Cómo dice?

—Digo, señor mío, que si usted pretende que su hija pase directamente del traje de primera comunión al traje de novia va a tener usted muchos problemas.

El silencio duró un par de minutos.

La voz engolada sonó de nuevo, ahora su tono era algo más natural.

—Algo de eso hay, lo reconozco. Pero... estas cosas las incitan... Les hablan ustedes de preservativos..., les enseñan vídeos...

—Les hablamos de prevención del embarazo, les enseñamos los peligros de una relación sin precauciones, les explicamos los riesgos de las enfermedades venéreas y les damos información sobre el sida.

—Y les dicen todo lo que quieran saber sobre sexo —galleó el padre.

—Y todo lo que quieran conocer sobre el sexo —puntualizó la jefa de estudios—. Sí, señor.

—Mi hija —se creció el comunicante— no sabe nada de eso, ni tiene por qué saberlo todavía. Yo no tengo garantías de que ustedes sean las personas adecuadas para enseñárselo.

—Yo, no. Nosotros, tampoco. Un psicólogo y una sexóloga, perfectamente capacitados.

—¡Sexólogos! Encima. Ha llegado a mis oídos que no había ningún profesor.

—Efectivamente, no lo había.

—Es intolerable. A mi hija la educo yo, y eso se lo enseña su madre.

—Por supuesto. Nosotros organizamos charlas para una colectividad adolescente, compuesta por chicos y chicas, todos ellos púberes. Tratamos de explicarles los aspectos médicos y biológicos y dejamos el enfoque moral a los padres. A mí la virginidad de su hija me tiene sin cuidado.

—Es usted una feminista insoportable y una indecente.

—Y usted un retrógrado. Buenos días.

Ana Senra colgó el teléfono. Se levantó despacio, fue hacia la ventana y contempló los nubarrones que se extendían por encima de la montaña.

«Tenemos la tormenta encima», pensó.

Llevaba diez años en el oficio, cuatro en cargos directivos y dos en la jefatura de estudios, pero no conseguía acostumbrarse a estas cosas. Trataba de no exaltarse, de conservar la calma, pero los tipos así la podían.

Vio a tres o cuatro chicos escaparse por la puerta del gimnasio y no pudo evitar una sonrisa.

«Mira a esos tunantes. Seguro que van a la playa. Dentro de diez minutos descargará la tormenta y se pondrán como una sopa.»

Sabía que se escapaban por la puerta del gimnasio y por la cocina de la cafetería. «¡Pero por algún sitio tienen que escaparse, señor, que son seis horas seguidas de clase! Lo mío es hacer que las cumplan, y lo suyo, jugármela si pueden. Así debe ser, siempre lo ha sido y siempre lo será. Ellos y nosotros, nosotros y ellos.»

Alguien golpeó con los nudillos en la puerta del despacho.

—Adelante.

El Carnicero entró hecho un basilisco.

—Aquí te traigo a éstos. Acabo de encontrarlos camino de la playa.

Allí estaban los fugitivos. No habían llegado demasiado lejos. La jefa de estudios se caló las gafas y compuso su estudiado rostro de medusa ponzoñosa.

—¿De qué curso son ustedes?

—De primero F.

Los observó con gesto calculado.

—Ah, vamos. ¡Los de siempre!

—Es que nos dolía la cabeza —se atrevió a decir Simón, al que la silla envalentonaba.

—Escriban aquí sus nombres —les tendió una cuartilla— y vayan a la biblioteca. Ya saben que tienen dos recreos de estudio. Si alguno de ustedes es reincidente por tercera vez, llamaré a sus padres.

Los fugitivos salieron cabizbajos.

—Son insoportables —murmuró el Carnicero—. El pelirrojo es repetidor, y no hay quien lo aguante, y la rubia... A ésa, como no le pongan freno...

—Son chavales —los disculpó Ana Senra.

El Carnicero la contempló incrédulo.

—Son unos maleducados.

Y el Carnicero subió rezongando a la sala de profesores y continuó rezongando y rezongando que la Senra, mucho cuento, mucho cuento, pero en aquel Instituto los chicos hacían lo que les venía en gana y, si no se ponía coto a ciertos desmanes, acabarían esgrimiendo las navajas.

LETICIA

LETICIA llegó a casa a las dos y media.

—¿De dónde vienes? —le preguntó su padre, sentado ya a la mesa.

—Del Insti. ¿De dónde voy a venir?

—¿Qué tal las clases?

—Bien, como siempre.

—¿Aprobarás?

—Supongo.

—¡Maríaaaaa...! —gritó el padre, a punto de estallarle una vena en el cuello—, quítala de mi vista, que la mato.

Leticia comprendió. La madre acudió. El padre soltó barbaridades.

—Que no estás en la taberna, Mauricio —apaciguó la madre—, que esto no es educación.

—¿Educación? ¿Educación dices? ¡A trabajar! A la panadería... Ésa es la educación que va a tener desde mañana.

—Lo que tienes que hacer es llegarte al colegio y hablar con los profesores.

—¿Quién, yo? ¿Para qué? ¿Para que me digan que esta golfa no pisa las clases?

—¡Vete a saber! A lo mejor no es para tanto.

—Sólo faltaba que la defendieses.

—No es que la defienda. Pero puede que no toda la culpa sea de la chica.

—¡Será tuya..., o mía! No me saques de quicio.

—A lo mejor es de los profesores.

—Claro, claro..., de los profesores, de los profesores que la mandan irse de paseo.

—No vigilarán como es debido. Y si cuelga tanto, ¿por qué no nos han avisado antes?

—Pues te pasas mañana por el sitio ese y lo averiguas.

—No, vas tú, que eres su padre.

—Yo tengo que atender el negocio.

A estas alturas de la discusión, Leticia llevaba media hora encerrada en el cuarto de baño y no pensaba salir en los días de su vida. Prefería morir de inanición a enfrentarse con aquel energúmeno. ¡Qué mala sombra de la jefa de estudios! Hacerle eso a ella, así sin avisar apenas. Claro que, ¿qué otra cosa cabía esperar de la Senra?

Cuando oyó a su padre gritar «me voy para no matarla» y escuchó el portazo que siguió a tan rotunda frase, Leti, sigilosa, abrió la puerta del baño. La madre le habló desde la cocina:

—No juegues con tu padre, Leti.

—No es para tanto. He colgado un par de veces. ¿Vas a ir al Instituto?

—Mañana.

—No sé para qué.

—Para hablar con esa señora que ha llamado.

—Mejor, pregunta por mi tutor. Se llama Alejandro.

Salió al pasillo y marcó disimuladamente un número de teléfono.

—Diga —contestó el Menudo al otro lado de la línea.

—Soy Leti. La Senra ha llamado a mi casa.

—¡Mierda!

—¿Sabes si ha llamado a alguien más?

—Ni idea.

—Avisa a los otros. Hay redada. Adiós.

4

EL teléfono repiquetea en mi casa. Lo coge Rita, como siempre.

—Te llaman.

—¿Leti?

—No, Couselo.

—Dime.

—Redada.

—¡No!

—Han caído Leti, Fran y Simón.

—Aquí no han llamado.

—Tampoco aquí, porque no nos tiene en el ojo, pero a ésos los tiene en un diente. Sigue avisando.

—Hecho.

A las siete, el Rojo atiende al teléfono.

—Diga.

—Soy Miguel.

—¿Pasa, tío?

—Alerta. La Senra está llamando.

—Se esperaba, macho. Pero que le den por ahí: mi vieja no llega hasta las once.

—Avisado.

—Hazme un favor. Llama tú a la Vero.

A las diez llamo a Verónica.

—¿Está Verónica?

—No.

—¿No está?

—Está, pero no se pone. Y no volváis a llamarla ninguno, ¿entendido?

—Sí, señora.

La mañana amanece lluviosa a juego con nuestros espíritus.

—Mi madre dice que al próximo curso no vuelvo —explica Verónica—, que me mandan a las monjas. Tiene un mosqueo...

—¿Y si te mandan de verdad? —pregunta el Rojo, preocupadísimo.

—¡Qué va! Pienso aprobar todas en junio, y mi padre no me quita, seguro.

La más fastidiada es Leti: no le dejan salir. Tiene que fichar a todas horas.

—Nunca más en lo que queda de curso.

Aprovecho para consolarla:

—El sábado te dejarán.

—No, tengo que ir a la panadería.

—Pues el domingo.

—Menos.

—Los domingos no hay pan —salta Fran, que últimamente está un poco lila.

—Tú estás ido, niño —exclama Leti—. No eres más que un badulaque.

—Vale, vale. Muera el cuento —pacifica Couselo—. Sólo falta que nos peleemos entre nosotros. ¿Es que queréis darle por el palo a la Senra?

Aquí está mi oportunidad. Me acerco a Leti y le paso el brazo por los hombros. Leticia se desmorona y rompe a llorar. Luego nos abrazamos.

En el autobús hacemos manitas todo el tiempo. Leti suspira y se deja querer.

Al llegar a su parada me da un beso de refilón.

—¿Sabes, Miguel? Ya no me importa estar castigada.

—¿No?

—No. No pienso dejar ni una para suficiencia.

Me dice adiós desde la calle.

—¿Le has pedido salir? —quiere saber Couselo.

—Sí —miento.

—La tienes colada.

Mayo

1

SIMÓN no ha venido al Instituto. El tutor nos ha dicho que lo van a operar.

A Simón, de cuando en cuando, le hacen injertos en la cadera o en la pierna, no sé muy bien. Ahora van a meterle un clavo.

El tutor nos ha dicho que esas operaciones son muy dolorosas y que Simón lo pasará muy mal.

Nos hemos quedado muy callados. Estamos tan acostumbrados a que Simón sea uno de los nuestros que ni siquiera nos acordamos de que está paralítico.

Por la tarde vamos a su casa. Toda la basca, como una piña que somos. Subimos en dos turnos porque el ascensor no puede con siete. Couselo llama a la puerta, y nos hacen pasar a una sala.

La madre de Simón nos dice que se lo han llevado al hospital porque tienen que prepararlo para la operación, y que no podemos verlo porque le están haciendo análisis y pruebas y se encuentra muy cansado.

—Os avisaré después de la operación. Os va a necesitar mucho.

Salimos taciturnos. Leti y Vero se van a casa. Fran, Menudo, Suso y Couselo proponen dar una vuelta, pero yo no tengo ganas. Me voy al despacho a buscar a mi padre. Siento como un impulso, no sé.

Mi padre se alegra.

—Hola, Miguel.

—A Simón lo van a operar.

—¿No será grave?

—A lo mejor sí.

—Bueno, chaval —me pasa la mano por la cabeza y me revuelve el pelo. Por un momento creo que me va a hablar de la vida y esas cosas, pero no.

—Te invito al cine —dice.

—¿A qué película?

—Elige tú.

Y aquí estamos los dos, mi padre y yo, juntos, en el cine. Vemos una estupenda *Huckleberry Finn*. Observo a mi padre por el rabillo del ojo: disfruta.

A la salida dice:

—Tu amigo se pondrá bien.

—Sí.

Y luego hablamos de fútbol. Mi viejo es así. Nunca te come el coco con el rollo filosófico, ni lo de padre a hijo, ni lo de hombre a hombre, que es otra memez. No, mi viejo a su trabajo, a su periódico, a aguantar en silencio los rollos de la familia. De tarde en tarde, cuando mi madre lo azuza demasiado con lo de «también son hijos tuyos», o «así están ellos, como no les dices nada...», pega un berrido y todo el mundo firme: hasta la Rita, que va de independiente, se pone a funcionar.

Mamá nos echa la bronca por no haberla avisado.

—Te han llamado por teléfono —interviene mi hermana, que cada día está más insufrible.

—La chica esa —remacha mi madre para fastidiar—, que no debe de tener otra cosa que hacer en todo el día.

Me pongo colorado hasta las cejas. De pronto, mi padre grita:

—Ya está bien. Dejad al chico tranquilo de una puñetera vez.

Mi madre y la borde de mi hermana se quedan con un palmo de narices. Yo me engallo y pregunto:

—¿Qué hay de cena?

—Un par de huevos —contesta sarcásticamente la idiota de Rita—, si te los quieres freír.

Paso olímpicamente. Me encierro en mi cuarto, pongo música y me tumbo en la cama.

«¡Leticia me ha llamado, Leticia me ha llamado!», pienso, y se me pasa el agobio del día.

Oigo a mi padre decir:

—El chico ya no volverá al psicólogo.

2

SE han atascado los váteres —grita Couselo con voz de júbilo, y entra en la clase como una tromba—. Con perdón —agrega.

Dice esto último porque estamos en clase de ética, o sea, de finísimos modales, y doña Bego nos explica con un caso práctico el arte de pelar la naranja con cuchillo y tenedor. Leticia y Ana Fole, que han salido voluntarias, se han traído de casa un juego completo de cubiertos, que eso da nota, y el Menudo ha recalado con pala de pescado y está dispuesto a venir con una sardina para que doña Bego vea lo exquisitos que son en su casa, que comen el pescado con pala y no con cuchillo de churrasco.

Leti y Ana Fole andaban en esas de pelar la naranja, que es cosa dificilísima, porque tienes que clavar el tenedor en los gajos con la mano izquierda, que ni el mismísimo Capitán Garfio, y manejar el cuchillo con la derecha para fabricar virguerías de tiritas circulares con la monda, y te tiene que salir la cáscara entera para que te quede de lord inglés. Y cuando estaban en la mitad del intento, y la clase se hallaba dividida entre los que cantaban «que se les rompe», «que se les rompe» y los incondicionales de «hala, Leti», «hala, Leti», ha irrumpido Couselo con la buena nueva del atasco de los retretes.

Doña Begoña abre la boca, pero no puede articular palabra. Couselo intenta corregir lo soez del anuncio y repite con los ojos muy abiertos:

—Digo, doña Begoña, y con perdón, que no se puede

ir al servicio..., que los urinarios están repletos de líquido y de materiales solidificados que bajan por el conducto de plomo, y que el que quiera hacer de cuerpo, tendrá que ir a obrar al campo.

—¡Vivaaaa! —gritan los de las filas quinta, sexta y séptima, que son de barrio, y a los que doña Bego tiene relegados a la categoría de cristianos nuevos, sin pureza de sangre ni pedigrí.

Doña Begoña se niega a que el atasco de las vías inferiores contamine su clase y nos manda copiar inmediatamente, y aprender de memoria para la próxima sesión, la diferencia entre *retrete*, que resulta ser una cosa completamente aristocrática porque es donde las reinas francesas se vestían y recibían a sus íntimos, y *letrina*, que es el sitio en el que vierten sus pestilencias los soldados, que ya se sabe que son tropa, o sea, gente soez y sin vergüenza.

Yo me ahogo de risa y contagio a toda la fila segunda, y a la tercera, a la cuarta, a la quinta y a la sexta. Doña Bego, fuera de sí, me tira el bastón a la cabeza, pero yo no puedo dejar de reír porque me imagino a la reina de Francia recibiendo al primer ministro sentada en la taza.

En ese momento comprendo que: a) La causa de la Revolución Francesa no tiene nada que ver con los tejemanejes del siglo de las luces ni con la Enciclopedia, y que el motín de los *sans-culottes* y de los cabezas rapadas se debió a que el pueblo estaba más que harto de decir aquello de «agua va» en las calles de París. b) La Toma de la Bastilla fue la primera gran reivindicación de los letrineros. c) Todas las revoluciones del mundo tienen su origen en la diferencia de retretes.

Doña Begoña se rebela, ofendidísima por esta interpretación escatológica de la historia, y se siente frustradísima de que yo, Miguel Oliva, me pase decididamente al bando de los letrineros que le cortaron la cabeza en la guillotina a la pobre María Antonieta, que ni siquiera estaba en Versalles —que es el sitio a tope para el lujo de retretes— cuando la trincaron, sino en las Tullerías, cuyos retretes dejan mucho que desear en materia de pedrería.

Pierdo puntos a mogollón. Paso inmediatamente a engrosar la lista de letrineros y me convierto en clase de tropa.

El atasco de los retretes desencadena un drama. La Senra camina enloquecida por los pasillos, situando centinelas en los puntos estratégicos de acceso a los baños. En seguida llegan los bedeles y precintan las puertas con cinta adhesiva. Y cuando una maciza de segundo B dice que le urge mucho y empieza a ponerse amarilla, la Senra ordena tocar los timbres, y nos mandan a todos al patio.

A la media hora, la voz del Ilustre anuncia en estilo directo:

—Por causas de fuerza mayor, tenemos que cortar el paso del agua. Se suspenden las clases hasta nuevo aviso.

«Hasta nuevo aviso» quiere decir «hasta que llegue el fontanero».

La buena nueva es recibida con general alborozo.

—¡Vivan los colilleros! —se oye gritar.

—¡Arriba los obturadores!

—Yo tiré el *támpax* un día —afirma tímida, pero orgullosa, Pitita Álvarez, y hay que contener a los de primero A, que quieren pasearla a hombros.

Pero las auténticas Juanas de Arco son unas chicas de COU C, que ayer, ante un «muy deficiente» en genética, hicieron trizas dieciocho hojas de apuntes y las sumergieron tubo abajo. Y ha sido un verdadero logro: por fin está aquí, ante nosotros, lo que ni las asonadas, ni el robo de llaves, ni la fundición de plomos, ni el propio apocalipsis habían conseguido...

Ardanaz ha suspendido las clases. Y es que, ¿qué son las sentadas, los plantones, las huelgas y los sabotajes en comparación con un retrete?

Toda opresión se derrumba y todo sistema se quiebra cuando hay que cortar el paso del agua en una comunidad en la que ochocientos mean juntos.

3

HEMOS ido a ver a Simón. La habitación de Simón está en la segunda planta. Una limpiadora friega las escaleras, y el olor a lejía se mezcla con ese otro olor que tienen todos los hospitales y que a mí me produce una sensación extraña, la sensación de hallarme en un mundo hostil que desconozco.

Cruzamos un pasillo muy largo, y el olor persiste siempre. Caminamos en silencio. Una enfermera nos dice que tenemos que esperar, y nos lleva a una sala con sofás de polipiel marrón, en la que hay dos señoras con bata. Nos sentamos, Verónica coge una revista y la hojea distraídamente. Yo cuento las flores de la bata de la señora más gorda. Fran y Couselo se acercan a la ventana. Al poco regresa la enfermera.

—Podéis pasar. El doctor dice que podéis entrar juntos, pero que no hagáis mucho ruido. Aquí hay enfermos.

La seguimos bastante intimidados. A mí me late con fuerza el corazón, y el olor se me mete muy adentro, muy adentro. «Se me va a quedar en la piel para siempre jamás», me digo.

La habitación de Simón tiene el número doscientos trece. Es grande, tiene dos camas y está pintada de verde manzana; Simón está solo. Sonríe al vernos, y nosotros hacemos lo mismo. Todo son sonrisas cargadas de tristeza.

—Hola, pavo —saluda Couselo.

Leti y Verónica se acercan a la cama y se lo comen a besos.

—Vale, quietas —protesta Simón, pero está encantado.

Verónica le arregla la almohada. Yo me acerco torpe y le revuelvo el pelo.

—¿Cómo estás?

—Bien. Estupendamente.

No sabemos qué decir. En estos casos, lo más difícil es saber qué hacer con las manos; te estorban, te fastidian, no sabes cómo ponerlas. A los pies siempre les encuentras algún acomodo, se ven menos, pero las manos... Couselo es el que se comporta con más naturalidad: coge una silla, la coloca al lado de la cama y se sienta muy repantingado.

—¿Cómo va todo por el Insti? Contadme.

Lo ponemos al tanto de las últimas novedades. Los ojillos de Simón se van animando a medida que informamos. Cuando llegamos al capítulo del atasco e inundación de baños, Simón se troncha de risa.

—¡Qué flipe!

Tenemos que repetírselo, sobre todo el anuncio de Ardanaz suspendiendo las clases.

—¡Lo mejor! —suspira—. ¡Me he perdido lo mejor!

Entra una enfermera con bata blanca y nos echa al pasillo.

Paseamos inquietos. Oímos los quejidos de Simón.

—Lo están mazando —comenta Fran.

—Son las curas, le duelen.

De pronto, Simón lanza un grito, y el alma se nos parte en mil pedazos. Leticia se echa a llorar.

—¡Qué putada! —masculla el Rojo—. ¡Como si no tuviese bastante con lo de la silla!

Yo trago saliva. Ahora tampoco se qué hacer con los pies. Estoy desazonado. Quiero marcharme y me siento enormemente culpable por ello.

La enfermera de la bata blanca sale empujando un carrito lleno de vendas con sangre. Verónica ladea la cabeza.

—Podéis pasar —nos dice la del carrito.

Los demás entran, pero yo me quedo fuera un rato. Cierro los ojos y aspiro el olor del pasillo para mortificarme... Ese olor a hospital... Me siento un poco mareado.

Cuando entro están jugando a las damas. A Simón le han levantado la cabecera de la cama, y me parece infinitamente pequeño y desvalido.

—Ven, Miguel —me llama—. Cuéntame tus chistes.

Trato de sonreír; luego empiezo aquel del señor que tiene un perro...

Verónica se ha sentado en la cama y tiene cogida una mano de Simón. Yo me doy cuenta de que Simón la mira mucho, mucho, mucho, y de una forma...

El Rojo se aleja y se pone a mirar por la ventana.

—Se la quiere ligar —murmura Fran a mi lado.

—¡Qué moral!

Y yo miro disimuladamente al Rojo, que está asomado a la ventana, y noto que el Rojo nos ha oído y que sabe que sabemos que nos ha oído, y me quedo cortado.

Pero el Rojo no se mueve, sigue con la nariz aplastada contra el cristal y silba despacito. Llueve.

—¡Qué asco de tiempo! —dice Leti—. ¡Vaya mes de mayo!

Entra una de las auxiliares con la merienda. Nos despedimos.

—Chao, Simón.

—La próxima en tu casa.

—Cuídate, macho.

—Adiós, cielo.

La última en salir es Verónica. Se hace la remolona y luego nos alcanza en el pasillo.

En la calle nos separamos. El Rojo dice que tiene prisa y se va sin más. Verónica y yo tomamos el mismo autobús. La pregunta me quema los labios:

—Sé por qué te has quedado la última en la habitación.

—¡Qué listo!

—¿Le has besado?

—¿Tú qué crees?

—Que sí.

—Entonces, para qué me lo preguntas.

—El Rojo también lo cree; por eso se ha ido así.

—Ya se le pasará, y si no, allá él.

—¿Le has besado en la boca?

—No lo iba a hacer en la mano.

—Pero, Vero —estoy atónito—, ¿a ti te gusta Simón?

Me observa largamente con un cierto aire distanciado, como si yo no fuese más que una hormiga molesta.

—No creo que lo entiendas. Así que déjalo.

—Pero Vero...

—Vale ya.

El tono es tan rotundo que me dedico a leer los luminosos que se encienden y se apagan encima del asiento del conductor.

Verónica se baja dos paradas antes que yo. Serán las ocho cuando llego a casa. Estoy aún girando la llave cuando mi madre viene hacia mí.

—A Simón le ha subido mucho la fiebre. Acaba de decírmelo por teléfono su madre.

—¿Está muy mal?

—Tiene una infección. Lo han llevado a la UVI.

Siento algo muy raro en el estómago y me meto en el cuarto de baño para llorar a gusto.

SIMÓN

DE modo que me voy a morir. A lo mejor ya estoy muerto.»

La enfermera entró y lo cambió de postura. Le arregló el embozo de la cama.

«A lo mejor me vuelvo embozo. No, mejor globo, y salgo volando. Me duele la pierna.»

La enfermera era una nube borrosa y le dijo algo que él no entendió. Él sólo vio que sus labios se abrían y se cerraban, y también los dientes.

Se pasó la noche soñando con los dientes. Alguien le había dicho que eso era un mal presagio.

«Sueño esto porque me voy a morir.»

Todos creían que estaba dormido, pero no lo estaba, muerto quizá sí, y por eso lloraba su madre. Él quería decirle: «Mamá, no llores. Estoy bien aunque esté muerto». ¿Por qué tenía tantos dolores? Él creía que cuando uno se moría dejaba de sufrir.

Llegó otra enfermera y le cambió el gota a gota.

Tenía náuseas, pero no podía decírselo a nadie. Tampoco podía decirles lo que le dolía.

El médico le había dicho que si todo salía bien podría ponerse en pie y andar con muletas. Él no pensaba andar con muletas. Nunca. Ya había pasado por eso dos años antes y no pensaba repetirlo. Con las muletas era un inválido: no podía correr ni caminar apenas. Tenía que apoyar todo el cuerpo..., y los hombros, machacados. Casi no se movía del sitio. Con la silla no, con la silla era como los otros, incluso les ganaba en las carreras y podía jugar al baloncesto. Él con la silla iba a todas partes, bueno, a casi todas, y además tenía las manos.

¿Para qué se iba a poner de pie? Si él nunca, nunca, podría caminar. Porque caminar era otra cosa; era correr, saltar, ir con los amigos, con las niñas, y no andar colgado de las muletas como un pelele.

Si no se moría, o no estaba ya muerto, él no iba a utilizar las muletas.

De pronto vio la cara de Verónica, y los labios se le encendieron... El beso de Vero había sido largo, largo... A él nunca le había besado una chica. Había tenido que morirse para que Vero lo besase, y por eso ahora no le importaba nada estar muerto.

Sintió un pinchazo en el brazo. Alguien le estaba poniendo una inyección, le dolía menos... Seguro que si volvía al Instituto, Vero ya nunca lo volvería a besar... Vero estaba por el Rojo.

JUNIO

1

UNA mañana, casi a fin de curso, los representantes de los alumnos en el Consejo Escolar llegan con la primicia de que todo el mundo tiene que apoquinar doscientas del ala en concepto de desperfectos porque los cuartos de baño están llenos de pintadas, el lavabo del segundo de chicos arrancado, la puerta del gimnasio desvencijada y dos extintores finiquitados.

Couselo calcula *a grueso modo,* expresión finísima empleada por la Piños, aunque ella la suelta en latín, que es como aparenta. Traducida pierde mogollón, pero a Couselo le encanta. Luego de varias multiplicaciones, Couselo dice que dos talegos son una barbaridad y que con cinco pavos de cada uno van que se matan, y aún sobra para que el Ardanaz se vaya de merienda.

En vista del abuso y de que mayo va aburridísimo, sobre todo desde que Simón está en el hospital, los de primero F decimos que no.

Todos los primeros se solidarizan con nuestra postura. En segundo hay división de opiniones a la hora de apoyarnos, y los de tercero se soliviantan por su cuenta.

Se organizan dos comisiones para bajar al despacho del secretario, y allí nos presentamos todos llenos de razón. El secre nos escucha con calma, y parece que la negociación progresa. Pero, de pronto, un bocazas argumenta que el Instituto es una escuela pública y que para eso se pagan los impuestos. El secretario coge un mosqueo fino y contesta airadamente que los impuestos los paga toda la ciudadanía y que el dinero público es para mantener las instituciones y no para solaz de gamberros.

—Aquí, al que no pague no se le dan las notas.

Naturalmente, esta amenaza no arredra lo más mínimo a los comisionados.

Las doscientas pelas se convierten en el tema estrella. El Instituto se divide en dos bandos: el bando conformista, que apoquina la guita y en el que, por descontado, militan gentes de catadura chapona, como Antoñita Domínguez o Pilarita. Y el bando rebelde, que no está dispuesto a dejarse engullir por las instituciones.

Menudo declara que su primo el abogado le ha dicho que no pueden retener las notas, que es ilegal. A mí me dan escalofríos de gozo al pensar que el secretario y el director son unos sucios ilegales. El Suso afirma que a él le importa un pepino que le retengan las notas, y a Fran, que piensa suspender lo menos cuatro, le fascina la idea.

Lo comento en casa a la hora de comer, y se me llena la boca cuando hablo de la tremenda ilegalidad que van a cometer con la retención de las notas, que a lo mejor se le cae el pelo al secretario, y la madre de uno de tercero lo va a llevar al juzgado. Mi padre me observa curioso. Cuando termino la perorata, dobla el periódico.

—O sea que, según tú, como el Insitutuo es público y pagas, o mejor dicho, pago impuestos, vosotros podéis machacar, destrozar y dedicaros al pillaje.

Pierdo terreno.

—Tampoco es tanto.

—Ya me contarás.

—Se trata de reivindicar nuestros derechos, ¿comprendes?

—¿Qué derechos?

—Pues eso..., que no te amenacen..., que no te coaccionen.

Sigo perdiendo terreno. Mi padre me desquicia: siempre está de parte de *ellos*. Es un carca, un carca absoluto.

—Mañana pagas las doscientas pesetas.

—Pero papá...

—Ni papá, ni narices.

—Pues otros padres van a ir a protestar.

—Otros padres, que hagan lo que quieran. Ellos sabrán. Tú, si destrozas, pagas. ¡Hasta ahí podíamos llegar! Mañana entregas el dinero y punto.

Me siento reconfortado cuando hablo con Couselo. Lo de su padre ha sido muchísimo peor: se ha puesto a gritar que él nos pondría a picar carreteras, que así pasa lo que pasa, que ahora todo son miramientos y así están los chiquillos, que se creen los amos del mundo y no saben lo que vale un peine.

Fran nos mira por encima del hombro. Su padre ha

dicho que ni blanca: ni doscientas pesetas, ni cinco duros, ni un real, oye, que lo pague el Ministerio de Educación. El Menudo asiente con la cabeza.

A los pocos días, los bandos han proliferado. El Instituto está dividido entre los que apoquinan la guita, los reivindicativos, que no sueltan un duro, los padres de los reivindicativos que apoyan a éstos, los padres de los reivindicativos que se mantienen al margen de la contienda y los padres de los reivindicativos que no sólo no los apoyan, sino que hacen frente común con el enemigo.

En medio de todo este barullo, el secretario cobrando y llevando siempre la lista de los morosos.

Para rizar todos los rizos y para exasperar más los ánimos del bando disidente, Rosa, la vicedirectora, que hasta este momento ha sido siempre una tía de abute, se destapa amenazando con suspender la excursión de fin de curso. ¡La tradicional excursión a las islas!

Esto sí que ya es el colmo. Todos mis principios se hacen añicos contra el suelo.

Llevo semanas pensando en ella. Es una excursión de la que todo el mundo habla, curso tras curso... Las islas son un lugar paradisíaco. Iremos en el barco y después, todo el día en la playa, en el monte, en el faro... Hasta el Rojo, siempre tan escéptico, afirma que es un auténtico flipe.

—Toda la isla para nosotros solos. A los ogros, ni los ves.

—¿No los ves?

—Para nada. Ellos se lo montan por su cuenta. Se quedan en la playa y hacen la comida en el pinar. Ni te miran.

—Y... fiesta.

—Tú, a perderte. Puedes buscar una playa solitaria, o subir al faro. Está tan alto que pasas al lado de los nidos de gaviotas.

Esto entusiasma a Fran, aunque en seguida se pone tenso cavilando que alguien puede destrozar un nido o pisar un huevo de gaviota, que hay bárbaros para todo. Pero el Rojo lo tranquiliza diciéndole que para nada, que cualquiera, que las gaviotas son unas madres de primera, y no te puedes ni acercar porque te atacan, que a uno de su clase le picó el año pasado una gaviota en la cabeza. Verónica declara que no contemos con ella para subir a semejante sitio: ella, esos pájaros tan agresivos, sí, pero de lejos.

Miro a Leti, y ella me está mirando. Leti se ruboriza, y a mí me da un escalofrío porque ya sé lo que Leti está pensando. Me acerco y le digo bajito, al oído:

—Tú y yo nos perderemos solos en la isla.

Leti no dice ni que sí ni que no, que es como si dijese que sí. Pero cuando yo le rozo la oreja con los labios, no aparta la cara, sino que se queda allí, quietecita, y a mí el escalofrío me llega hasta los pies.

A las dos semanas de la movida, cuando ya han pagado las tres cuartas partes del alumnado y tan sólo quedamos unos cien resistentes, el baño de chicos de la planta baja aparece lleno de pintadas enormes.

«¡El que paga, pinta!», rezan las pintadas rojas, hechas con *spray*. Se arma la marimorena. El secre ordena clausurar inmediatamente los baños masculinos. Se organiza un jaleo enorme. Todo el mundo silba, y nadie entra en clase, excepto los de COU, que pasan olímpicamente. Como los exámenes finales están al caer, la cosa no llega a más, pero los de primero F nos juramentamos y hacemos pegatinas con el «No pagaremos» para lucir en la solapa.

Así las cosas, los morosos somos excluidos definitivamente de la excursión a las islas, y yo estoy desesperado por dentro, aunque por fuera soy la reivindicación misma hecha individuo.

Y es ahora cuando cometo la primera gran traición de mi vida. En el segundo recreo bajo al despacho del secretario y pago cuatrocientas pelas, las mías y las de Leticia.

Me abruma la vergüenza y deseo que me trague la tierra para esconder mi ignominia.

—¿Miguel Oliva? —pregunta el secretario.

—Sí.

—¿De primero F?

—Sí.

Me anota en una lista, luego me la tiende para que firme... Abro unos ojos como platos. La corrupción de la humanidad se me ofrece patente. Delante de mí tengo los nombres de los que han pagado, y el primero F, avanzadilla de sediciosos, está muy bien representado entre los firmantes.

—¡Cerdos!

—¿Cómo dice? —pregunta el secretario.

—Nada... Cosas mías.

Leo con avidez el nombre de los pocos insumisos que aún quedan. Couselo..., Leti..., Suso...

Fran y el Menudo, por supuesto, han firmado. Siento

tanto coraje que me olvido de que yo formo parte de los caimanes, arteros y felones que hemos pagado a escondidas. En un arranque, saco las mil pesetas que me ha dado mi madre para los recambios.

—Me olvidaba... Es que tengo que pagar por unos compañeros... Ellos no pueden venir ahora. Pero firmaré yo, si usted no tiene inconveniente.

Noto mi corazón aliviado. Ya no soy un reptil infecto. Ahora soy Miguel el libertador, Miguel el descubridor de traidores... Ya veré después qué historia me monto para explicárselo.

SIMÓN

PRONTO volveré a casa. Al Instituto ya no iré hasta el próximo curso. No importa: mis amigos vienen a verme casi todos los días, y al año que viene, aunque ellos pasen a segundo, seguiremos juntos. El Menudo repetirá conmigo. Alejandro, mi tutor, vino a visitarme. Estuvo conmigo en el gimnasio mientras yo hacía mis ejercicios en las paralelas. Me trajo unos libros.

Ahora leo mucho. Los días en el hospital son largos. Por la mañana no, porque me bajan a la piscina y al gimnasio, pero las tardes son muy tediosas. Todavía me duele la pierna y tengo un poco de infección, pero en seguida me darán el alta, y mi madre me ha prometido que organizaremos una fiesta para celebrarlo.

Ha estado Miguel y me ha contado que sale con Leticia. Está muy contento y yo me alegro por él, porque Miguel es mi mejor amigo. Verónica sigue saliendo con Suso. Verónica es muy guapa, pero a mí ya no me gusta. También ha estado Martita la Bollicau y me ha prometido volver el jueves, con una amiga suya que dice que está deseando conocerme. Estoy impaciente. El jueves las invitaré a mi fiesta, a ella y a su amiga.

La jefa de estudios

ANA Senra leyó y releyó la carta, luego dejó el papel encima de la mesa y se dirigió al teléfono.

Marcó el número muy despacio. Al otro lado de la línea, la voz de Ardanaz sonó grave.

—Diga.

—Soy Ana.

—Hola.

—Me lo han concedido.

—¿El sabático?

—Sí.

—¿Desde cuándo lo sabes?

—Ha llegado esta mañana, pero no lo he visto hasta última hora, y tú ya te habías ido.

—¿Estás segura, Ana?

—Creo que sí.

—Piénsalo.

—Ya hemos hablado de esto. Comprendo que te hago una faena, pero ya encontrarás otro jefe de estudios. En el claustro hay gente muy capaz... Tienes todo el verano.

—De todas maneras, piénsalo estos días, hasta fin de curso.

—Lo haré, hombre, lo haré. Pero vete buscándome el recambio. Buenas noches, dire.

—Buenas noches, Ana.

Volvió a leer la comunicación. Por fin le habían concedido un año sabático. Llevaba cuatro años solicitándolo, cuatro años preparando memorias y enviando proyectos, y siempre se lo daban a otros... Y ahora, cuando casi se había olvidado del tema, había llegado.

Bueno. Descansaría un año. Investigaría y todo eso. ¡Un año completo sin chiquillos! Un año completo sin padres, sin exámenes, sin evaluaciones... Un año de lecturas, de estudio, un año para ponerse al día y trabajar en aquel proyecto...

Llegó al Instituto un poco más tarde que de costumbre. Había tardado en conciliar el sueño y se le habían pegado las sábanas. Entró presurosa.

Ciendurillos la esperaba.

—Han desaparecido los partes de faltas.

—¿Todos?

—No, cuatro. Pero ayer faltaron ocho. Yo —explicó nervioso el conserje— subo en cuanto toca el timbre, pero siempre hay alguien más rápido.

—¿Algo más?

—Por el momento, no.

—Pues no es mucho.

Se dirigió al despacho. Encendió un cigarrillo y saboreó el día. «¡El sabático! Me han concedido el sabático», pensó.

En seguida llegó el secretario con su eterna lista de morosos. A ella le dio la risa floja.

—¿Te han pagado todos?

—A mí no me hace gracia.

—Es que pareces el cobrador del frac.

—Es tela marinera, rica... Me estoy dejando las entrañas. Sabes qué te digo, que los eduquen sus padres, que encima protestan.

Ana Senra lo intentaba, pero no podía dejar de reír.

—¿De verdad no les vais a dar las notas?

—¡Por mis muertos! Ardanaz ha dicho que no se entrega un solo libro, que aquí no se matricula nadie que no pague los desperfectos.

En el segundo recreo, la jefa de estudios mantuvo una reunión de urgencia con el profesorado para solucionar el tema de los partes de faltas.

—Desde ahora estarán en Conserjería. Los recogéis al entrar y los entregáis al acabar la jornada.

—Pero Ana —protestó una profesora bajita de ciencias naturales—, si quedan cuatro días.

—Los que queden. Pasaremos lista hasta el último minuto. De lo contrario habrá lleno total en la playa.

Ana Senra bajó a la cafetería y pidió un café bien cargado, largo de café. Alejandro se sentó a su lado.

—Siento lo de los partes de faltas.

—No importa. Sólo quedan cuatro días.

El director se sentó con ellos.

—Ana nos deja. ¿Lo sabías?

—No.

—Me han dado un año sabático.

A Alejandro le brillaron los ojos.

Cuando tocó el timbre que anunciaba el final de las clases, Rosa, la vicedirectora, entró muy despacito en el despacho.

—Si te vas tú —dijo de pronto—, yo dejo el cargo.

—No digas tonterías.

—No son tonterías. Somos un equipo.

—Ardanaz buscará un buen jefe de estudios.

—No es lo mismo.

—Rosa, me han dado un año sabático, qué quieres que haga.

—Renuncia. En el fondo a ti no te importa nada ese proyecto. Has pedido el año sabático porque a nadie le amarga un dulce, pero no sabes muy bien para qué. ¿Me equivoco?

—No.

Ana se acercó a la ventana y encendió un cigarrillo.

—Fumo demasiado —dijo, y aspiró el humo con deleite—. Me gusta fumar.

Pero Rosa ya había salido.

Estuvo allí un rato largo, observando la salida de los autobuses. Entró el bedel y cerró las persianas. Ella subió al patio central y lo recorrió despacio. La luz se filtraba a través de la cúpula de policarbonato, todo era claridad. De un aula entreabierta llegaba el sonido de un transistor; la limpiadora, al verla, apagó la radio.

—Buenas tardes —saludó.

—Hola, buenas tardes.

Subió al último piso y caminó pegada a la barandilla. La limpiadora había encendido otra vez la radio. Entró en el aula de informática, donde los ordenadores estaban perfectamente alineados y una cristalera enorme se fundía con el paisaje que se abría detrás de las pistas de deporte. Ana contempló el río, una sierpe oscura y llena de detritus que contaminaba la playa, y divisó a lo lejos el mar...

—¿Quiere comer algo? —preguntó Julia a sus espaldas.

—No, gracias, Julia. Ya me voy.

—Bueno, pues si no manda nada...

Julia era la bedel que vivía en el centro. «Ahora revisará todo», se dijo Ana. «Cerrará bien la puerta, comprobará los timbres y se pondrá de cháchara con las limpiadoras hasta que llegue su marido.» El marido de Julia trabajaba en una fábrica de coches.

Ana consultó el reloj. Las tres y media. A esa hora, Ardanaz ya habría llegado a casa.

Descolgó el teléfono de Secretaría y marcó.

—Diga —contestó el director.

—Soy Ana.

—Dime.

—Estoy en el Instituto.

—¿A estas horas?

—Sí.

—¿Pasa algo? —se alarmó el director.

—No, nada. Me he quedado un rato. Oye, quería decirte una cosa... Me quedo.

—¿Estás segura?

—Completamente.

—¿No te arrepentirás?

—No. Rosa tiene razón. Todos lleváis razón: lo mío es esto.

—Ana, piénsalo bien —pero el director no podía disimular su alegría—. No es fácil conseguir un año sabático.

—A la mierda el sabático. ¿Para qué quiero yo un año sabático?

—Estupendo.

—Voy a llamar a Rosa.

—Mañana ven temprano, tenemos que preparar el calendario de septiembre.

Enfiló el coche camino de la playa; antes de llegar ya oyó la algarabía. Aparcó al borde de las dunas y apagó el motor. La saludaron con la mano, con las gorras, con las camisetas... Parecían pájaros de colores... Sus cuerpos brillaban bajo el sol... El mar estaba cuajado de risas y de balones... En la arena, una pareja se besaba.

Volvió a poner el coche en marcha y tomó el camino de la ciudad. Tenía que hacer la compra; luego corregiría los finales de arte de COU, después prepararía el calendario de septiembre... Metió la tercera... El próximo curso harían un intercambio y vendrían los franceses...

La fiesta

Nos han dado las notas. Leticia y Couselo han aprobado todas. A Vero y a Fran les han quedado cuatro, así que les espera un verano de pasantía. Al Rojo, sólo las ciencias, hasta el tutor lo ha felicitado.

A mí me han dejado inglés y lengua. El inglés lo sacaré en suficiencia, pero la lengua me queda seguro para septiembre, y es que la Piños, la sintaxis y yo somos absolutamente incompatibles.

A pesar de los cates estoy contento. La vida me va bien. Hoy tenemos una fiesta en casa de Simón para celebrar su salida del hospital.

La fiesta es estupenda. Simón, loco de contento, se desvive por atender a todos. La verdad es que es un anfitrión perfecto.

Hay un montón de niñas, yo no sé cómo se las arregla Simón ni de dónde saca tantas nenas. Él, como pez en el agua, mariposeando.

Martita la Bollicau ha traído a una amiga que está casi tan buena como ella. A Couselo se le salen los ojos, pero ella no se separa de Simón.

Ponemos rock, rock y más rock y bailamos, bailamos, bailamos. Simón lo hace divinamente, nunca he visto a nadie que le saque tanto partido a una silla de ruedas.

Leti y yo hacemos un aparte y nos escabullimos a la terraza. Al rato llega Simón con la silla atiborrada de bocadillos y *cocas*. La nueva viene con él.

—Tomad, tórtolos, no vayáis a morir de inanición —dice.

Y se quedan los dos en la terraza hablando y hablando. A Simón le brillan los ojos como dos ascuas encendidas.

—¿Sabes una cosa? —me susurra Leti—. Simón sabrá sacarle mucho partido a la vida. Lo tiene muy duro y él lo sabe, pero posee el coraje suficiente para superarlo. Está aprendiendo a vivir.

Anochece. Hace fresco. Entro y recojo nuestras chaquetas. Simón me guiña un ojo.

Leticia y yo nos sentamos en un balancín con toldo amarillo. La rodeo con mis brazos. Ella alza la cabeza. Nos besamos.

El tiempo pasa rápido, en seguida se cuaja de estrellas el cielo.

—¡Las estrellas de junio! —dice Leticia.

El curso ha terminado.

Colección GRAN ANGULAR

1 / *Jean-Claude Alain,* **Los muchachos de Dublín**
3 / *Eve Dessarre,* **Danièle en la isla**
7 / *Luce Fillol,* **María de Amoreira**
8 / *Ch. Grenier-W. Camus,* **Cheyenes 6112**
10 / *John R. Townsend,* **El castillo de Noé**
11 / *William Camus,* **Un hueso en la autopista**
14 / *Jan Terlouw,* **Invierno en tiempo de guerra**
15 / *María Halasi,* **Primer reportaje**
16 / *André Massepain,* **Los filibusteros del uranio**
17 / *Lucía Baquedano,* **Cinco panes de cebada**
18 / *Rosemary Sutcliff,* **Aquila, el último romano**
19 / *Jordi Sierra i Fabra,* **El cazador**
20 / *Anke de Vries,* **Belledonne, habitación 16**
21 / *Willi Fährmann,* **Año de lobos**
23 / *María Gripe,* **El abrigo verde**
24 / *W. Camus-Ch. Grenier,* **Una india en las estrellas**
26 / *Willi Fährmann,* **El largo camino de Lucas B.**
29 / *Thea Beckman,* **Cruzada en «jeans»**
30 / *Jaap ter Haar,* **El mundo de Ben Lighthart**
31 / *María Gripe,* **Los escarabajos vuelan al atardecer**
32 / *Jordi Sierra i Fabra,* **...En un lugar llamado Tierra**
33 / *Anke de Vries,* **El pasado quedó atrás**
34 / *Carmen Kurtz,* **Querido Tim**
36 / *Montserrat del Amo,* **La piedra de toque**
38 / *María Gripe,* **El rey y el cabeza de turco**
40 / *María Gripe,* **Agnes Cecilia**
44 / *Käthe Recheis,* **El lobo blanco**
47 / *María Gripe,* **La sombra sobre el banco de piedra**
49 / *María Gripe,* **El túnel de cristal**
51 / *Forrest Carter,* **La estrella de los cheroquis**
52 / *Lensey Namioka,* **En el pueblo del gato vampiro**
54 / *Fernando Lalana,* **El zulo**
55 / *Carlos-Guillermo Domínguez,* **Atacayte**
56 / *Alfredo Gómez Cerdá,* **La casa de verano**
58 / *Jordi Sierra i Fabra,* **Regreso a un lugar llamado Tierra**
62 / *José Luis Martín Vigil,* **Habla mi viejo**
64 / *Albert Payson Terhune,* **Lad, un perro**
67 / *Montserrat del Amo,* **La encrucijada**
68 / *Jordi Sierra i Fabra,* **El testamento de un lugar llamado Tierra**
69 / *Helen Keiser,* **La llamada del muecín**
70 / *Lene Mayer-Skumanz,* **Barro entre las manos**
74 / *Leonor Mercado,* **Cuaderno de bitácora**
75 / *Carlos-Guillermo Domínguez,* **Sosala**
76 / *Anke de Vries,* **Cómplice**
77 / *Jordi Sierra i Fabra,* **El último verano miwok**
79 / *Jordi Sierra i Fabra,* **El joven Lennon**
81 / *Isolde Heyne,* **Cita en Berlín**
82 / *Juan M. San Miguel,* **Alejo**
83 / *Federica de Cesco,* **El caballo de oro**
84 / *María Gripe,* **Aquellas blancas sombras en el bosque**
86 / *Jan Terlouw,* **Barrotes de bambú**
87 / *John Hooker,* **El capitán James Cook**
88 / *Carlos Villanes Cairo,* **Destino: la Plaza Roja**
90 / *Miguela del Burgo,* **Adiós, Álvaro**
91 / *Andy Tricker,* **Voy a vivir**
92 / *Thomas Jeier,* **El apache blanco**
94 / *Urs M. Fiechtner,* **Historia de Ana**
95 / *Fernando Lalana y Luis Puente,* **Hubo una vez otra guerra**
96 / *Rodrigo Rubio,* **La puerta**
97 / *Alfredo Gómez Cerdá,* **Pupila de águila**
99 / *Liva Willens,* **A veces soy un jaguar**
100 / *Jordi Sierra i Fabra,* **La balada de Siglo XXI**
102 / *Fernando Lalana,* **Morirás en Chafarinas**
103 / *Gemma Lienas,* **Así es la vida, Carlota**
104 / *Josep Francesc Delgado,* **Las voces del Everest**
105 / *Emili Teixidor,* **El soldado de hielo**
106 / *Carlos Villanes Cairo,* **Retorno a la libertad**
107 / *Sheila Gordon,* **¡Ni una hora más!**
108 / *Alice Vieira,* **Úrsula**
109 / *María Gripe,* **Carolin, Berta y las sombras**
110 / *Juan M. San Miguel,* **Cerco de fuego**
112 / *Carlos Puerto,* **Akuna matata**
114 / *Sigrid Heuck,* **El enigma del maestro Joaquín**
115 / *Francesc Sales,* **Diario de Alberto**
118 / *Maite Carranza,* **La selva de los arutams**
119 / *Joan Manuel Gisbert,* **La frontera invisible**
120 / *Peter Dickinson,* **Mi madre es la guerra**
121 / *Nicole Meister,* **La historia de Mon**
122 / *Mette Newth,* **Secuestro**
123 / *Werner J. Egli,* **Tarantino**
125 / *Manuel Alfonseca,* **Bajo un cielo anaranjado**
126 / *Mercè Canela,* **Partitura para saxo**
127 / *Xavier Alcalá,* **Contra el viento**
128 / *Gillian Cross,* **La hija del lobo**
130 / *José Luis Velasco,* **El guardián del paraíso**
131 / *Mecka Lind,* **A veces tengo el mundo a mis pies**
132 / *Joachim Friedrich,* **El tango de Laura**
133 / *Lola González,* **Brumas de octubre**
134 / *Jordi Sierra i Fabra,* **Malas tierras**
135 / *Nina Rauprich,* **Una extraña travesía**
136 / *Gillian Cross,* **Nuevo mundo**
137 / *Emili Teixidor,* **Corazón de roble**
138 / *Berlie Doherty,* **Querido nadie**
139 / *José Luis Velasco,* **El misterio del eunuco**
141 / *Nacho Docabo,* **Murió por los pelos**
142 / *Ángela Vallvey,* **Kippel y la mirada electrónica**
143 / *Jesús Ferrero,* **Las veinte fugas de Básil**
145 / *Werner J. Egli,* **Sólo vuelve uno**
146 / *Lola González,* **Guárdate de los idus**
147 / *Robert Westall,* **Un lugar para mí**
148 / *John Marsden,* **Mañana, cuando empiece la guerra**
149 / *Maite Carranza,* **Frena, Cándida, frena**
150 / *Ponç Pons,* **Memorial de Tabarka**
151 / *Mirjam Pressler,* **Si llega la suerte, ponle una silla**
152 / *M. Angels Bogunyà,* **Cincuenta mil pelas por bigote**

Edición especial:

29 / *Thea Beckman,* **Cruzada en «jeans»**
31 / *María Gripe,* **Los escarabajos vuelan al atardecer**
102 / *Fernando Lalana,* **Morirás en Chafarinas**
111 / *Joan Manuel Gisbert,* **La noche del eclipse**
113 / *Jordi Sierra i Fabra,* **El último set**
116 / *Vicente Escrivá,* **Réquiem por Granada**
117 / *Fernando Lalana,* **Scratch**
124 / *Alejandro Gándara,* **Falso movimiento**
129 / *Juan Madrid,* **Cuartos oscuros**
140 / *Alejandro Gándara,* **Nunca seré como te quiero**
143 / *Jesús Ferrero,* **Las veinte fugas de Básil**
144 / *Antoni Dalmases,* **Doble juego**